日語作文與演說教程

～　初級到中級　～

鵜沢　梢　著

沈　榮寬　譯

鴻儒堂出版社

前　言

在北美大學教日語，不斷調整改進當中，轉眼已過了十五年多。其間，由於很少作文教科書適合北美大學日語學習者使用，頗感不便；因此，決定匯總我個人在第二外語作文方面的研究，以及在課堂間的教學經驗〈許多的失敗經驗〉，編輯成『作文與演說教程』這本書，作為日語學習的輔助教材，以期初級~中級程度的日語學習者在作文和演說的實力能有所提昇。

一般的作文練習，通常只是學生針對特定主題撰寫文章，然後交給老師訂正；但是本書與此大異其趣，主要的目的是要訓練學生口頭發表，以便班上同學都能理解。學習者不只是就各種不同的主題寫作而已，而且還以不同的格式來寫；並且利用視覺器材，在班上向同學報告。報告發表時，力求大家都聽得懂，而避免只是把死背下來的作文內容照本宣科一番。

書中各單元的開始，列有一篇用初中級程度的單字、語法句型寫出的短文範例，學習者可以參考，並寫篇代表自己見解的作文。對學習者而言，有篇範例做參考，寫起作文來似乎會覺得比較駕輕就熟。其次，如果教師能在班上做個實際示範說明的話，那麼學習效果或許會更好。就我個人在幾所大學教學的經驗來說，雖說是初、中級班，其實學生的程度參差不齊，因此，老師還得依照學生的程度，進行適當的指導。

使用本書教學時，不需拘泥先後順序，只要符合學生的程度，從哪個單元開始上都沒關係。各課的導言之後，有我個人的教學經驗談，可作為任教老師的參考。本書若能使學生的作文和演說實力有所提昇，則幸甚矣。

本書能順利出版，以供北美與全球日語教育機構的參酌使用，其間承蒙 アルク日本語出版社編輯部塩崎　宏總編輯長和松原理惠小姐多方鼎助，謹此表示謝忱。同時也感謝Dr.Susan(Leslie)Fisher欣然同意將其學生時代撰寫的作文作品提供給大家參考。

1988年11月

於加拿大 Lethbridge大學

鵜沢　梢

はじめに

　北米の大学で日本語を教え、試行錯誤を繰り返して15年余りになります。その間ずっと、北米で日本語を学習する大学生のための作文の教科書があまりなくて困っていました。そこで、このあたりでわたしの Second/Foreign Language Writing のリサーチと教室での経験（多くの失敗の経験）を生かして、1冊の本にまとめてみようと思いました。『〈日本語〉作文とスピーチのレッスン～初級から中級へ～』は、日本語の副教材として、初級から中級レベルの日本語学習者の作文とスピーチの力を伸ばすために書かれたものです。

　この本は、従来の作文練習と違い、ただ与えられた題について何かを書いて先生に読んでもらうというだけではなく、クラスメートに理解してもらえるように口頭発表するというのが主目的になっています。学習者はいろいろな題で作文を練習するばかりでなく、いろいろな形式の文を書き、それをVisual Aidsを使ってクラスで発表するようになっています。聞き手が理解しているかどうかを問題にしないで、ただ棒読みしたり丸暗記したりしてクラスで発表するということがないように工夫されています。

　この本にはまず、初級・中級の段階で習う単語、文法、構文を使って書けるレベルの見本が示してあり、学習者はこれを参考にして自分なりの文を書きます。学習者にとっては、見本のようなものがあると書きやすいようです。さらに、教師がクラスでモデル・プレゼンテーションをすると、もっと効果的なようです。いくつかの大学で教えた経験から言いますと、ひと口に初級・中級といっても大学によってレベルがそれぞれ違いますので、先生がご自分の学生のレベルに合わせてお使いになるといいと思います。

　本書では、順番にこだわらず、学習者のレベルに合わせてどこからでも始めてください。各課の「Instructions」の後に、この本を実際にお使いになる先生方のために、わたしの経験などを少々記しておきました。学習者の作文とスピーチの力を伸ばすのに、本書がお役に立てれば幸いです。

　なお、本書が出版されるように、また北米だけでなく日本はもとより世界中の日本語教育機関でも使えるように、いろいろとお骨折りくださいましたアルク日本語出版編集部編集長の塩崎宏氏と編集部の松原理恵さんに心よりお礼申しあげます。また、学生時代に書いた作文を快く使わせてくださった Dr. Susan (Leslie) Fisher に感謝いたします。

1998年11月

レスブリッジ大学（カナダ）

鵜沢　梢

目次　　<ruby>目次<rt>もくじ</rt></ruby>

寫給使用本書的老師

有關於本書

　　『日語作文與演說教程』原本是針對北美大學初、中級日語學習者所編寫的教材，在出版之際，為了讓日本以及世界各國的學習者也能分享成果，因而重新編輯，以作為提昇作文和口頭發表實力的輔助教材。書中介紹的相關話題，完全從日常生活中取材，作文練習的旨意和一般的作文練習大不相同。本書每篇作文，目的要在班上作口頭發表，發表時可借助圖畫、物品道具等視覺器材來進行。例如，一篇要在班上表演的「單人布偶劇」會話內容的作文練習，每位學生先寫好作文，然後進行口頭發表練習，最後再實際利用布偶把作文的內容，在班上進行「個人秀」的演出。此外，本書的使用，只要配合學生的程度，從任何一課開始上都沒關係。

本書的架構

　　本書各課內容包含PART1,2,3等三部份。PART1是有關外語作文和演說學習的相關常識介紹。PART2是不同目的類別的作文和演說教材。PART3是自修用的參考知識。這三部份之中，PART2是本書的骨幹，它的內容結構如下。

PART2的內容結構

　　PART2共分11課，每課包含兩個單元，第一個單元比第二單元淺顯簡單，範例文收錄再另售的CD裡，可適做參考。詳細內容架構如下。

A：課文

　　課文中的範例文章，除了「我的溫哥華」一篇以外，其他全部都是由筆者撰稿。「我的溫哥華」是1989~90年，在英屬哥倫比亞大學(British Columbia)中級日語課，加拿大籍學生蘇珊(雷絲莉)費雪小姐的作品；另外，「俄羅斯的布偶」的概念則是取自1996年西華盛頓大學美籍學生所作的發表。

　　作文範例中劃有底線的部分，在C單元中將有進一步的詳細解說；漢字都標示出讀音，但是相同漢字相繼出現在附近文句中的話，就不標示出讀音。在學生開始練習寫作文之前，可先讓它們賞析一下範例文章，在課堂上或讓學生在家中練習皆可。

B：單字

　　課文範例文章中的單字，依照出現的先後順序列出，並附有中文字義說明。為了避免重覆說明，前一課出現過的單字，在後一課將不再列出。書後的索引，單字排列依照五十音順序，如果不曉得字義，可藉由索引來查看。

Ｃ：句型表現

　　課文的範例文章中，劃有底線句型表現，摘錄於此；作文法說明和舉例解說，讓學習者知道如何運用這些句型表現來寫作文。這個部分也可說是已學內容的複習，其中若有不懂的內容，教師可稍加作較詳細的解說指導。

指導

　　各課結尾附有指導方法，從學生撰寫作文到演說之間的過程，都加以說明。作文通常當作家庭作業，初稿和二次稿需作核對檢查。指導學生把已學過的單字、句型、文法、漢字等應用到作文上，如果在作文上使用太多字典上找來的困難單字，班上同學在聆聽時，將會聽不懂。另外，演說時可使用圖畫、布偶、錄放影機等，藉此不僅可提高聆聽者的理解，對演說者而言，也可當作輔助的旁白，有助於演說的順利進行。發表的學生可以把關鍵字抄寫在卡片上，作成簡單的筆記做參考，但不可照文稿宣讀，亦即不須把文稿死背下來，在發表時只能適時參看自己的簡單筆記。學生發表之後，可以指示班上其他同學用日語提些問題詢問，讓發表的學生練習用日語回答。

★第七課（82~86頁）因版權的關係，內容特別針對台灣版重新編寫，本文、文法說明、插圖等完全異於日本版原文。

作者／副島 勉　　　　插圖／鄭 成祥

（本文取材於《伊索寓言》）

この本をお使いになる先生方に

本書について

　『〈日本語〉作文とスピーチのレッスン〜初級から中級へ〜』は、北米の大学で初級・中級の日本語を勉強している学生を念頭において書かれたものですが、出版化にあたり日本およびそのほか世界各国でも使えるように再編成した、作文と口頭発表の力を伸ばすための副教材です。本書に使われているトピックはすべて日常生活に基づいたものですが、書くためのタスクは普通の作文練習とはかなり違います。本書では作文はどれもクラスでの発表を目的にしており、発表はビジュアル面の助け、つまり、絵や品物などを使ってなされます。例えば、クラスで「パペット・ショー（人形劇）」のための会話文を書くように宿題が出されたら、各学生は作文を書いてから口頭発表の練習をし、その後で実際に人形を使って自分の作文に基づいた「一人芝居」をクラスで上演することになっています。学生は先生に作文を見せるだけでなく、クラスメートのことも頭において作文を書くわけです。なお、本書は学習者の必要に応じてどこからでも自由に始めることができるようになっています。

本書の構成

　本書はPart 1、2、3の3部から成り、Part 1には外国語での作文とスピーチの勉強についてのコメント、Part 2には目的別作文とスピーチのレッスンのための教材、Part 3には自律学習のためのヒントが書かれています。本書の中心であるPart 2の構成は以下の通りです。

Part 2 の構成

　Part 2は全部で11のレッスンに分けられています。各レッスンは2つのユニットから成り、最初のユニットは次のユニットより少し易しめです。なお、モデル文は別売　CD　が用意されていますので、適宜ご利用ください。構成は以下の通りです。

A： テキスト

　テキストのモデル文は「わたしのバンクーバー」以外は全部筆者が書き下ろしたものです。「わたしのバンクーバー」は、1989〜90年にブリティッシュ・コロンビア大学で中級の日本語の授業をとっていたカナダ人の学生、スーザン（レスリー）フィッシャーさんによって書かれたものです。また、「ロシアの人形」は、1996年にウェスタン・ワシントン大学で勉強していたアメリカ人の学生の発表からアイデアを譲り受けました。

　モデル文中の下線のついている表現は、セクションCで説明がなされています。漢字にはふりがなをつけましたが、同じ漢字が近くにある場合は、基本的にはふりがなはつけませんでした。モデル文は作文を書く前に勉強させてください。これは宿題にしてもいいと思います。

Ｂ：単語

　テキストのモデル文中の単語を提出順に抜き出し、文中での意味を中文で記してあります。単語は重複を避け、ほかの課で出てきたものは繰り返し載せてありませんが、索引には単語リストに載っている単語が五十音順に並べられていますので、もし意味が分からなかったら、索引を見て意味を調べることができるようになっています。

Ｃ：表現

　テキストのモデル文中で下線のついている表現と文型がここに抜き出されて、文法の説明と例文（中訳つき）がつけてあります。学習者がこれらの表現を作文に使えるように説明しているのですが、どちらかというと、今まで習ったことの復習として取り扱われています。もし習ったことがないものがあったら、もっと詳しく練習ドリルなども含めてご指導ください。

介紹

　各章の終わりに、指導の方法がすべて日本文で書かれています。ここでは、学習者が作文を書いてからスピーチに至るまでの手順が説明されています。作文はだいたい宿題として書かせてきます。下書きと書き直したものを両方チェックしてください。学習者にはこれまで習った単語、文型、文法、漢字を使うようにご指導ください。辞書を使ってあまり難しい単語を使い過ぎると、聞いているクラスメートが分からなくなります。また、スピーチの時、絵や人形やビデオなどを使いますが、これは聞く側の理解を助けるためで、同時にスピーチをする側にとってはキューのかわりになり、発表しやすくするためのものです。発表者にはカードにキーワードを書いてメモを作らせ、発表の時に作文を読むのはやめさせてください。丸暗記する必要はありませんが、メモに時々目をやる程度で発表できるようになるまで練習するようにご指導ください。発表の後、クラスメートに日本語でいくつか質問を出させ、発表者はそれに日本語で答えるように指示しています。

　★レッスン７（８２～８６ページ）は、台湾版用に書かれたものであり、本文、文法説明
　　、イラストなどはすべて日本オリジナル版と異なっています。
　　筆者／副島　勉　　　　イラスト／鄭　成祥
　　（イソップのお話しによる）

Part 1

外国語での作文とスピーチについて

外文作文 與演講

1. 外国語での作文とスピーチが必要な場合

　外国語で文を書いてスピーチをしなければならない機会は、意外と多いものです。外国の大学で勉強したり、会社で働いたりすると、やはり、その国の言葉でレポートを書いて発表するという機会はたくさんあります。わたしがカナダの大学で勉強していた時も、仕事をしていた時も、自分で用意したレポートを基にして人前で英語で発表する機会はたくさんありました。もちろん、大学で教えている現在でも、英語でリサーチを発表したり、人前で何か話をしなければならない場合はたくさんあります。

　しかし、自分の考えをまとめて文に書いて、人前で発表するというのは、母国語でも難しいものです。やはり、勉強と経験を積まないと上達しません。ましてや、第二言語または外国語で作文を書いてスピーチをするとなると、なお難しく、たいていの人には不可能にさえ思われるでしょう。

　わたしが大学院の学生のころ、あるコースで初めてクラス発表をした時は、本当に緊張して、手に汗は滲み出てくるし、のどはからからになるしで、終わった時には、もうぐったりしてしまいました。しかし、発表を何回も経験するうちに大分慣れてきて、今では、多少は緊張しますが、まあなんとか、無事にこなせるようになりました。やはり、場数を踏むのが上達の秘訣でしょうか。

　ですから、外国語を勉強している学生にとって、初級の段階から口頭発表の練習をするのはとても大切なことだと思います。昔、ＥＳＬ(English as a Second Language)の教室で英語を勉強していたころに、会話だけでなくスピーチの練習もさせてくれていたらもっとよかったのに…と今になってつくづく思います。日常会話とスピーチ発表はずいぶん違うものですから。スピーチでは、相手の言葉の助けなしに、１人でまとまったことをかなり長く、たくさんの人の前で話さなければなりません。そして、スピーチには、いろいろと準備も必要です。日常会話のようにその場かぎりの発話ではないからです。

2. 聞いてもらえるスピーチのための準備

　それでは、聞いてもらえるスピーチをするために、どんな準備が必要でしょうか。初級・中級の外国語のクラスでの発表練習ということで考えてみます。

　まず、スピーチには、話す内容が必要です。日常会話には、特にまとまった内容は必要ありませんが、スピーチには必要です。ですから、まず話すトピックを決め、作文を書きます。作文はクラスで口頭発表することを前提として書きます。クラスメートが興味を持つようなトピックを選び、単語や文型は、皆が知らないようなものはあまり使わないほうがいいでしょう。また、スピーチがクラスメートではなく、ネーティブスピーカーを相手にしたものの場合でも、自分の知らない言葉や文型は多く使わないほうがいいと思います。自分の知らない言葉をたくさん使うと、スピーチがうまくできなくなるからです。

　発表する前に、書いた作文を何度も声に出して読んで練習します。この「声に出して」というのは、とても重要です。黙読だけでは十分ではありません。つっかえないで上手に読めるようになるまで大きな声で練習します。

　しかし、口頭発表やスピーチというのは、作文の朗読ではありません。書いてきたものをただ読み上げるだけだったら、クラスメートには聞いてもらえないでしょう。書いてきたものをプリントしてクラスメートに渡した方が、余程、分かりやすいでしょう。今までいろいろな人たちのスピーチをいろいろな機会に聞いてきましたが、分かりにくいスピーチ、おもしろくないスピーチ、退屈なスピーチというのは、たいてい、この「書いたものをそのまま読み上げる」

スタイルのスピーチだったように思います。もちろん、スピーチを丸暗記する必要はありませんが、皆に聞いてもらえるスピーチをするためには、作文を読まなくても発表できるように練習しましょう。

そのためには、キーワードをカードに書き出してメモを作り、それを見ながら発表すればいいのです。そして、絵や品物など内容に関係あるものを皆に見せながら、話しかけるように発表するのです。絵や品物を使うと、発表しやすくなります。また、聞いている側も理解しやすくなるので、スピーチの準備には欠かせないものです。

また、自分が納得いくまで練習するのが、スピーチの準備にとって一番大切なことです。このためには、家で練習する時に鏡の前に立って練習するといい勉強になります。わたしもよく鏡の前に立って練習したものです。クラスメート一人ひとりの顔を見ながら話しかけるように発表しているつもりで練習してください。話すスピード、発音、イントネーションなどに気を付けて何度も練習したら、だんだん上手になっていきます。この鏡の前での練習をすると大分落ち着いてきます。クラスメートの前に立ってもあまりあがらずに発表できるようになります。あがると、話すのが早すぎたり、言うことを忘れたり、言葉を間違えたりして、聞きづらくなりますから、まず「あがらないようにする」というのが、皆に聞いてもらえるスピーチの基本です。そして、あがらないようにするためには、鏡の前での練習がきっと役に立つでしょう。

1.使用外語作文和演說的時機

　　使用外語寫文章或演說的機會，其實相當多，尤其在外國大學進修或在企業服務的人，使用當地語言寫報告、口頭發表的機會自然很多。我在加拿大的大學就讀時，以及在工作時，也有相當多機會必須用英語作調查報告，或在眾人面前演講。

然而，要把自己的想法歸納整理成文章，並在眾人面前作發表，其實，縱使是用自己的母國語言來進行，也都蠻困難的。如果沒有透過學習和多次經驗的累積，是很難稱心滿意；更何況是使用第二外語或外國語文來寫作文及演說，那將是難上加難了，難怪大多數人都會認為不可能辦得到。

　　記得我在就讀研究所時，第一次在班上發表時，緊張的手心直冒汗，口乾舌躁，結束時整個人幾乎虛脫。之後，經過幾次經驗就習慣多了。現在多少還會緊張，不過總算都還能安然無恙地完成，所以說，熟練進步的關鍵還是在於經驗的累積。

　　這段經驗讓我深切感受到外語的學習者，從初級階段就開始練習口頭發表是非常重要的。過去，曾在ESL(English as Second Language)課程中學習英語，如今回想起，不禁會覺得當時候會話以外的課程裡，如果也能有機會練習口語演說的話，那該多好。日常會話和演說報告，兩者差異甚大：演說無法借助對方話語，而且已把一件完整的的事，在眾人面前侃侃而談。此外，演說也得在事前作各種準備，它跟當場即興式的日常會話大不相同。

2.引人傾耳聆聽的演說準備

一場引人傾耳聆聽的演說，必須作什麼樣的準備呢？以下僅就初級、中級日語課程的發表練習作個說明。

首先是有關演說的內容，日常會話並不需要一段完整的內容，但是演說則需要。因此，首先要確定演說的主題，然後再下筆撰寫，而且必須考慮到是在班上作口頭發表的大原則。因此，主題必須是同學有興趣的，所使用的語詞、文法、句型也必須是同學會的，沒學過的最好不要使用。其實，不僅是班上的演說，乃至於針對當地人的演說，也是要避免使用自己不懂的語彙或句型，否則會造成畫虎不成反類犬的窘境。

正式發表之前，將自己寫好的作文，大聲朗誦練習幾遍，讀出聲音是很重要的，只是默讀是不夠的，要大聲讀，直到流利順暢為止。

口頭發表或演說並不是作文的朗讀，如果是這樣的話，班上的同學不可能會有興趣聽。把所寫的作文影印一份給同學，這將有助於他們的理解。過去，我聽過無數人的演講當中，讓人覺得艱澀難懂、不生動、無聊的，通常都是照原稿宣讀類型的演講。雖然演講不需死背下來，但是為了吸引大家的傾聽，就得練習不看稿而直接演說發表。為此，在演說之前，可先把關鍵字寫在卡片上，作成簡單的筆記，演講之間，邊看邊說即可。另外，搭配使用與演說內容相關的圖畫或道具等，這樣可使演講的進行更為順暢，也有助於增進聽者的理解；這些輔助的圖畫、道具，也是準備演講時不可或缺的東西。

反覆練習，直到自己覺得頗有自信，這是準備演講的最重要事項。這樣的事前演練，可站在家裡大鏡子前來進行，我個人也是常利用大鏡子來作練習。練習時，就抱著好像面對班上同學的心情來演講；在過程中，稍加留意自己說話速度的快慢、發音、語調等，經過多次練習自然有所進步。借助大鏡子作模擬演講，可提高信心，到時候在同學面前演講時，就不至於緊張怯場。人一緊張怯場，說話速度就加快，甚至腦海一片空白，或說錯話，而使大家覺得不知所云。因此，引人傾聽的演講，根本就在於「保持鎮靜」，而事前在鏡子前的演練正有助於減低臨場時的緊張。

Part 2

目的別作文とスピーチのレッスン

主題別的作文 和演講練習

Lesson 1

寫圖畫日記！
絵日記を書こう！

1. ナンシーの絵日記

A:課文

1月31日　（金曜日）　雨

　今日は雨です。午前はクラスがありません。わたしは10時に起きました。それから図書館へ行って、コンピューターの雑誌を読みました。午後、日本語のクラスに行きましたが、先生の日本語があまりよくわかりませんでした。きのう、よく勉強しなかったのです。わたしはいい学生じゃありません。

B:單字

ナンシー	南茜(人名)
絵日記（え/にっ/き）	圖畫的日記
１月（いち/がつ）	一月
金曜日（きん/よう/び）	星期五
雨（あめ）	雨
午前（ご/ぜん）	上午
クラス	上課，課程
（〜が）ありません	沒有~
起きる（お/きる）	起床
それから	然後
図書館（と/しょ/かん）	圖書館
行く（い/く）	去
行って（い/って）	去(參見解說)
コンピュータ（ー）	電腦
雑誌（ざっ/し）	雜誌
読む（よ/む）	讀，看
午後（ご/ご）	下午
日本語（に/ほん/ご）	日語
〜が	但是(參見解說)
先生（せん/せい）	老師
あまり〜ない	不太~(參見解說)
よく	很
わかる	懂
きのう	昨天
勉強する（べん/きょう/する）	學習
〜の（ん）です	是~(參見解說)
いい	好的
学生（がく/せい）	學生
〜じゃありません	不是~

C:解說

１）（動詞）＋て

動詞（和形容詞）的「て形」具有許多功用，其中最常用的是連接兩個句子。日語的時態分為過去式與非過去式，非過去式包含現在式和未來式；句中的時態表現由句尾的動詞來表達，「て形」的句子也是如此。形容詞的「て形」用法，請參見第6課6:1的解說(P.74)。

図書館へ行きました。コンピューターの雑誌を読みました。→

　　我去了圖書館，看了電腦雜誌。

　→図書館へ行って、コンピューターの雑誌を読みました。

　　我去了圖書館，然後看了電腦雜誌。

あしたデパートに行って、くつを買います。

明天要去百貨公司買鞋子。

日本語を勉強して、このクラスに来ました。

學了日語之後，才來參加這個課程。

わたしの友だちの本は、新しくてきれいです。

我朋友的書本很新而且漂亮。

２）（句子）＋が＋（句子）

助詞「が」用於連接兩個句子，表示逆態連接，"但是~"之意，不可用於句首。

わたしは学生ですが、山田さんは学生じゃありません。

我是學生，但是山田先生不是學生。

今日は日本語のクラスがありますが、明日はありません。

今天有日語課，而明天沒有。

フランスは行きましたが、イギリスは行きませんでした。

去了法國，但是沒去英國。

３）あまり＋（否定）

「あまり」通常用於否定句中，或與具有否定含意的單字連用，不能用於肯定句中。「あまり」之後可以加「た」或「たも」，例如第3例句。

コーヒーは、あまり好きじゃありません。

不太喜歡喝咖啡。

わたしは、あまり新聞は読みません。

我不常看報紙。

これはあまりに大きすぎます。

這個太大(表示"不好"或"我不喜歡")

４）～の（ん）です

「～のです」或「～んです」
表示事實或原因理由的說明，其連接如下：

1. { 動詞 \ 形容詞 　（常体形）+の（ん）です

2. { 形容詞 \ 名詞 　+なの（ん）です
　　例：靜かなんです。
　　私は學生なんです。

3. { 形容詞 \ 名詞 　+だった+の（ん）です
　　例：學生だったです。

きょうは、日本語のクラスに行きませんでした。頭がいたかった<u>んです</u>。

今天沒去上日語課，是因為我頭痛。

これから図書館に行きます。本を借りる<u>んです</u>。

現在就去圖書館，因為要借些書。

わたしは学生な<u>んです</u>。だからお金があまりありません。

我是學生，所以沒什麼錢。

「パーティーはどうでしたか。」「とてもにぎやかだった<u>んです</u>よ。」

宴會怎麼樣？　　　　　　　　　　　非常熱鬧！

2．ジョンの絵日記

A:課文

六月二十一日　（木）　　曇り時々晴れ

　今日から夏休みだというのに、寒い。去年のような太陽がまだ出てこな
い。大学は夏休みになったけど、これでは少しも楽しくない。ぼくはここ
ずっと夏休みのアルバイトを探しているが、なかなか見つからなくて困っ
ている。日本語を使う仕事がしたいのだが、ぼくの日本語はまだまだらし
い。もっと勉強しないといけない。
　午後、友だちのヒロシからビデオを借りて見た。「セーラームーン」だ。
なかなかおもしろい。英語の「セーラームーン」もいいが、日本語の「セ
ーラームーン」は日本語の勉強になっていい。

B:單字

ジョン	約翰(人名)
六月 （ろく/がつ）	六月
木 （もく）	星期四
曇り （くも/り）	陰天
時々 （とき/どき）	有時候
晴れ （は/れ）	晴天
夏休み （なつ/やす/み）	暑假
～というのに	雖然~(參見解說)
寒い （さむ/い）	寒冷的
去年 （きょ/ねん）	去年
～のような	像…一般的~(參見解說)
太陽 （たい/よう）	太陽
まだ～ない	尚未
出てくる （で/てくる）	出來
大学 （だい/がく）	大學
なる	變成
～けど	但是
これでは～ない	這樣的話，不~
少しも （すこ/しも） ～ない	一點也不~
楽しい （たの/しい）	愉快的
ぼく	我(男性用語)
ここずっと	過去幾天以來
アルバイト	打工
探す （さが/す）	尋找
なかなか～ない	不易~(參見解說)
見つかる （み/つかる）	發現，找到
困って （こま/って）	困擾
使う （つか/う）	使用
仕事 （し/ごと）	工作
～たい	想~(參見解說)
まだまだ	仍然尚未

～らしい	好像~(參見解說)
もっと	再，更
～ないといけない	必須~(參見解說)
友だち（とも/だち）のヒロシ	朋友，小弘
ビデオ	錄影帶
借りる（か/りる）	借(入)
見る（み/る）	看
セーラームーン	卡通影片名
なかなか	非常(參見解說)
おもしろい	有趣的
英語（えい/ご）	英語
勉強（べん/きょう）になる	有助於學習

C:解說

１）（句子）＋というのに、＋（句子）

用來說明兩個截然不同的事實或背景，「というのに」的前面句子使用常體形。

あしたテストがある<u>というのに</u>、ヒロシは勉強^{べんきょう}しません。

雖然明天要考試，小弘卻不看書。

もう3月^{さんがつ}だ<u>というのに</u>、雪^{ゆき}が降^ふった。

雖然已經3月了，卻下雪。

ビデオを借^かりた<u>というのに</u>、あまり見^みる時間^{じかん}がない。

借了錄影帶，卻沒時間看。

２）（名詞）＋のような＋（名詞）

表示事物的類似性。

火のような太陽が出てきた。

火球似的太陽出來了。

ヒロシのような友だちがたくさんいる。

有許多像小弘那樣的朋友。

セーラームーンのような女の子が好きだ。

我喜歡Sailor Moon類型的女孩。

３）～たい

「たい」接於動詞連用形之後，表示說話者的期望，或用於詢問聽者的希望，不可用來說明第三者的希望。若要說明第三者的希望時，需在句尾加上「のです」或「らしい」。所希望的對象用「が」表示。其否定形為「~たくない」。

アルバイトがしたい。

我想打工。

今日は、日本のビデオが見たい。

我今天想看日本的錄影帶。

もっと日本語の勉強がしたいけど、時間がない。

我想多讀些日文，卻沒時間。

４）（常體形句子）＋らしい

表示"好像""似乎"，接於常體形語句之後，其過去式為「らしかった」下列例句1和例句2當中，原先句尾的「だ」或「です」斷定助動詞在加上「らしい」之後、省略。

ぼくの日本語はまだまだらしい。

我的日語似乎還差得遠。

「セーラームーン」はとてもおもしろいらしい。

「Sailor Moon」卡通影片好像非常有趣。

ヒロシはウイスキーを飲んだらしい。

小弘好像喝了威士忌。

５）～ないといけない

表示"必須~""應該~"，用於說明義務，其用法與「～なくてはいけない」相同(參見第6課6:1，P74)

もっと勉強しないといけない。
我必須加倍用功。

アルバイトを探さないといけない。
我必須找個差兼。

友だちのヒロシにビデオを返さ<u>ないといけない</u>。

必須把錄影帶還給我朋友小弘。

６）なかなか〜ない；なかなか＋（形容詞）

「なかなか」與否定形連用，表示"不易… "。後接形容詞時，作副詞用，表示"非常"之意。

仕事は<u>なかなか</u>見つから<u>ない</u>。

不容易找到工作。

ぼくの日本語は<u>なかなか</u>上手になら<u>ない</u>。

我的日語難有長進。

あのビデオは<u>なかなか</u>よかったらしい。

那錄影機好像蠻不錯的。

日本語は<u>なかなか</u>むずかしい。

日語相當困難。

絵日記を書こう！

1）8〜10行ぐらいの文で日記を書きましょう。どんなことを書いてもいいです。別に本当のことを書く必要はありません。自分の知っている単語や文型を使って本当らしいフィクションを書きましょう。

2）先生に日記の下書きを見せて、まちがったところを直してもらってください。それから声に出して読む練習をします。上手に読めるようになるまで練習しましょう。

3）クラス発表の準備をします。まず、発表のためにメモを用意したら安心しますね。それから、日記の内容を絵に描きます。3枚か4枚、大きくてはっきりした絵を描いてください。小さいとクラスメートに見えません。色をつけるとおもしろくなります。

4）鏡の前で発表の練習をします。実際に絵を持って練習してください。絵がキューになるので、話しやすいはずです。絵とメモを見るだけで発表できるようにします。クラスで発表する時、書いた作文はなるべく読まないようにしましょう。

5）発表の後でクラスメートが日記の内容について質問します。できるだけ日本語で質問に答えてください。

☞先生方に

　日記をクラスで発表するというのは、ちょっと変かもしれませんが、初級の日本語のクラスでは、日記、または自分が週末にしたことなどを書いて発表するというのが一番取り組みやすいようですし、聞く方も理解しやすいようです。そして絵があると記憶に残りやすくて質問もしやすいようです。日記といっても、別に本当のことを書かせる必要はなく、習った範囲内の単語と文型を使って本当らしい "フィクション" を書かせればいいと思います。初級の段階であまり辞書を使わせると、学生は単語や文型の使い方が分からないため、また辞書には詳しい使い方が書かれていないため、わけの分からない文を書いてきます。先に英語で文を書いて、それを逐語訳しようとする学生もけっこういますが、このやり方はあまりお勧めできません。習っていない文型、文法、言葉が多すぎて、失敗します。

　モデル文では、初級にしては漢字をかなり使いましたが、学生があまり漢字が書けないような場合は、ひらがなだけの作文でも構いません。中国系の学生で母国語として漢字が書ける学生には、使った漢字にはふりがなをつけるように指示するといいと思います。漢字が書けても日本語の発音が分からない学生はたくさんいます。

　発表の後の質問ですが、初級のクラスであまり活発に質問が出てこない時は、先生が、習った文型や単語を使って１つか２つモデルの質問をしてみてください。すると学生は似たような質問を作って質問するようになります。質問は発表の内容に関してどんなことでもいいのです。例えば、「PICTURE　DIARY」の場合なら、「朝ごはんは、いつも何を食べますか」とか「日本人の友だちは、たくさんいますか」という質問でもいいでしょう。質問を受ける側が緊張して、うまく答えられない時は、助け船を出してあげてください。例えば、英語で答えてしまったら、先生がそれを日本語で言ってあげるとか。クラスの人数が多い場合は１つか２つの質問で切り上げて次の発表者に移ります。

Lesson 2

出售東西

何かを売ろう！

1. 日本語の辞書

A:課文

　皆さん、日本語の辞書を持っていますか。

　これは、わたしの日本語の辞書です。小さい辞書ですが、とても便利です。単語のほかに例文とふりがなもついています。単語の数は18,000です。1) わたしはこの辞書を2年間使いました。ねだんは15ドルでしたが、5ドルにします。とても安いでしょう。いかがですか。2) 　　　　　　　3)

B:單字

辞書（じ/しょ）	字典
皆さん（みな/さん）	各位
持っている（も/っている）	有，擁有
小さい（ちい/さい）	小的
とても	非常
便利（べん/り）	方便，有用
単語（たん/ご）	單字
～のほかに	~之外
例文（れい/ぶん）	例句

29

～と	和
つく	附加
数（かず）	數量
２年間（に/ねん/かん）	兩年
～間（かん）	(表時間的長短)
ねだん	價格
ドル	美金
～にする	要~，決定~
	(參見解說)
安い（やす/い）	便宜的
～でしょう(↗)	是吧？
いかが	如何

C:解說

１）（名詞）＋のほかに

"～のほかに"，意思為"除～之外"，接在名詞之後。

わたしはこの辞書のほかに雑誌も売ります。

這種字典之外，我也賣雜誌。

この辞書は、単語のほかに例文もついています。

這本字典除了單字之外，也附有例句。

わたしは日本語のほかに中国語も勉強しています。

我除了日語之外，也在學中文。

２）（名詞）＋にする

"～にする"接在名詞之後，表示"決定～"，"要～"

「何_{なに}を売_うりますか。」「そうですね、わたしはこの小_{ちい}さい辞書_{じしょ}にします。」

「你要賣什麼？」　　「嗯，我決定要賣這本小字典。」

この本_{ほん}は２ドルにします。

「這本書賣兩塊美金。」

「どれを買_かいますか。」「わたしはあの安_{やす}いのにします。」

「你要買哪個？」　　「我要便宜的。」

３）（常體語句）＋でしょう（↗）

「でしょう」語尾讀音上揚，接在一般常體語形的句子後，具有類似英語附加疑問的功用。

「これはとても安_{やす}くていいでしょう。（↗）」「ええ、そうですね。」

「這個非常便宜，而且不錯吧？」　　　　　　「是啊。」

「あなたは買_かわないでしょう。（↗）」　　「はい、買いません。」

「你不會買吧？」　　　　　　　　　「是的，我不買。」

「単語_{たんご}の数_{かず}がとても多_{おお}いでしょう。（↗）」　「はい、そうですね。」

「單字量非常多吧？」　　　　　　　　　「是，沒錯。」

2. ハンバーガーを売
う
ります

A:課文

　今日
きょう
のランチは、何
なに
を食
た
べますか。わたしは今朝
けさ
、特別
とくべつ
に大
おお
きいハンバーガーを３つ作
つく
ってきました。ハンバーガーには、肉
にく
、チーズ、ベーコン、トマト、レタスなどが入
はい
っていておいしいし、栄養
えいよう
のバランスもとれています。お店
みせ
で食
た
べたら、３ドルぐらいはすると思
おも
います。わたしはこれを皆
みな
さんに、１つ99セントで売
う
りたいと思います。いかがでしょうか。ぜひ食
た
べてみてください。

1) 2) 3) 4) 5)

B:單字

ランチ	午餐
食べる（た/べる）	吃
今朝（けさ）	今天早上
特別に（とく/べつ/に）	特別
大きい（おお/きい）	大的

ハンバーガー	漢堡
3つ（みっ/つ）	三個
作る（つく/る）	製作
肉（にく）	肉
チーズ	起司，乳酪
ベーコン	醃薰豬肉，培根
トマト	蕃茄
レタス	萵苣
～など	~等
入っている（はい/っている）	放入，添加
おいしい	好吃的
～し	既…又…(參見解說)
栄養（えい/よう）	營養
バランス	均衡
バランスをとる	保持均衡
バランスがとれている	取得均衡
お店（お/みせ）	商店
～たら	如果~的話；當~時
ぐらい（or くらい）	~左右
～は	(強調)至少
する	價值
～と思う（と/おも/う）	想~，認為~(參見解說)
1つ（ひと/つ）	一個
セント	分
～で	用，以(參見解說)
売る（う/る）	賣
～でしょうか	「ですか」的禮貌形
ぜひ	一定，無論如何
食べてみる（た/べてみる）	吃看看(參見解說)

C:解說

1）（句子）＋し＋（句子）

接續助詞「し」表示添加例舉說明，可以接在敬體形或常體形語句之後，也可重覆連用，例如：第三例句。

このハンバーガーは99セントだし、大きいから買った。

這個漢堡99分，而且又大，所以我買了。

このお店は高いですし、食べ物もおいしくありません。

這家商店價格貴，東西又不好吃。

チーズはおいしいし、栄養もあるし、わたしは大好きです。

乳酪既好吃，又有營養，所以我很喜歡吃。

2）（句子）＋たら、＋（句子）

「たら」用來表示條件敘述，接在過去式語句之後，但並非完全表示該動作發生於過去。可與動詞接用之外，也可以與形容詞，形容動詞接用。

肉が安かったら、たくさん買っておきます。

如果肉便宜的話，將先購買許多。

栄養のあるものを食べたら、元気になりますよ。

如果吃有營養的食物的話，身體會變健康。

大きいハンバーガーだったら、買います。

如果是大漢堡的話，我就買。

３）（常體形句子）＋と思う

日本人在日常對話中常使用「と思う」/「と思います」即使當他們十分確信的話題也用此來婉轉地表達自己的看法。

このベーコンは安いと思うけど、よくわかりません。

我覺得燻肉是便宜的，但是我不確定要不要買它。

田中さんもその肉を食べてみたと思います。

我覺得田中先生吃那種肉也知道那是什麼肉。

このレタスはとても新鮮だと思います。

我覺得萵苣是非常新鮮的。

４）（價格）＋で

助詞「で」放在價格之後，表示「用，以」例如「５円で」「いくらで」。

「あの古い辞書はいくらで売ったのですか。」「５ドルで売りました。」

那本舊字典賣了多少錢？　　　　　　　　　賣了5塊美金。

このトマトは１つ15セントで買いました。安いでしょう。

這些蕃茄我以一個15分買來的，它們是便宜的，不是嗎？

５）（動詞）＋てみる

「～てみる」接在動詞連用形之後，表示「嚐試去做某事」，與英文的「to try to do」相近，但不完全一樣；「～てみる」與「tried to do~」不同，例如"I tried to drink it."並不表示真的喝了，而日文的「飲んでみる」，則表示真的喝了。

このワインはおいしいですよ。飲^のんでみてください。

這種酒蠻好喝的，請品嚐看看。

その魚^{さかな}は食^たべてみましたが、おいしいと思^{おも}いませんでした。

那種魚我品嚐過了，但是我不覺得好吃。

クラスメートから、ハンバーガーを買^かってみました。

我向同學試買了一個漢堡。

何かを売ろう！

1）クラスメートに売りたいものがありますか。探してみて、古い本やペンなど、いらない
　ものを売ってみましょう。あまり高いものは売らないでください。（50セント～２ドル、
　または、50円～200円ぐらいのものがいいでしょう。）もし売るものがなかったら、ク
　ッキーなど何か作ってください。それから、売るための広告文を書きます。6～8行ぐ
　らいの文で、クラスメートに買ってもらえるように書きましょう。

2）先生に広告の下書きを見せて、まちがいを直してもらってください。それから、声に出
　して読む練習をします。上手に読めるようになるまで練習しましょう。

3）クラス発表の練習をします。まずメモを用意してください。売りたいものを持って、鏡
　の前に立つといいでしょう。メモを時々見るだけで発表できるようにします。

4）クラス発表の時は、売りたいものを忘れずに持ってきて、本当に売ってみましょう。ほ
　かの人のものを買いたくなった時のために、お金を持ってきてください。

5）発表の後で質問に答えて下さい。「安い」とか「高い」とかクラスメートがいろいろなこ
　とを言うかもしれませんね。「買いたい」という人がいたら、売ってください。

☞先生方に

　クラスで売ったり買ったりするのをちょっと恥ずかしがる学生もいますが、慣れるととても楽しく売り買いするようになります。「何も売るものがない」などと言う学生がいたら、クッキーなど食べ物を作って持ってこさせてもいいし、あまり使わないカセットテープや余分に持っているボールペンのようなものを売らせてもいいでしょう。売れるとおもしろいし、買った方も得した気分になります。学生の中には売りたくないものを持ってきてわざと高い値段をつける学生もいますが、やはり売りたいものを安く売る方が楽しいと思います。

　クラス発表の後で値段の交渉をするのですが、先生が「ちょっと高いですねえ。もっと安くしてください」「１ドルでどうですか」などと言って口火を切って交渉してみてください。「すみませんが、ちょっと見せてください」「買いま～す」のような表現も使えます。

　「BUY AND SELL」の発表をする時は、学生に前もって小銭を用意してくるように言ってください。わたし自身は、学生から50セントとか１ドルで古い音楽のテープやクッキーなどを買ったことがあります。また反対に、余分に買い込んでしまった小さい乾電池をクラスの学生に安く売ったこともあります。先生方もモデル発表の時、実際に何か売ってみてください。

Lesson 3

烹飪！

料理を作ろう！

1. ホットドッグの作り方 [1]

A:課文

1）ホットドッグ用[2]のパンとソーセージを用意して[3]ください。

2）パンは、たてに切って[4]おきます。

3）ソーセージは、フライパンで[5]焼きます。

4）たまねぎとピクルスをみじん切りにします。

5）パンにソーセージをはさんでください。

6）その上にみじん切りにしたたまねぎとピクルスを乗せます。

7）マスタードをたっぷりかけて食べましょう[6]。

B:單字

ホットドッグ	熱狗
作り方（つく/り/かた）	製作方法(參見解說)
～用の（よう/の）	~用的…(參見解說)
パン	麵包
ソーセージ	香腸
用意する（よう/い/する）	準備
～てください	請~(參見解說)
たて	直，豎
たてに	長條狀地
切る（き/る）	切
～ておく	事先~
フライパン	平底鍋
～で	用(參見解說)
焼く（や/く）	煎，烤
たまねぎ	洋蔥
ピクルス	泡菜
みじん切り（みじん/ぎ/り）にする	細切
はさむ	夾，包
上（うえ）	上面
上に（うえ/に）	在上面
乗せる（の/せる）	放在上面
マスタード	芥末
たっぷり	充分
かける	沾(醬油、蕃茄等)
～ましょう	(提議)~吧(參見解說)

C:解說

１）～方

當我們想用日文說如何去做，可用此語型來表達。例如：「製作方法」是「つくりかた」、「吃法」是「たべかた」。這種句型是把「ます型」的動詞中的ます去掉，像「つくり」或「たべ」後加「かた」。

のりまきの切り方

海苔捲壽司的切法

クッキーの焼き方

蛋糕的烘培法

お酒の飲み方

酒的喝法

２）（名詞）＋用の

此語型表示某物的特殊用途或目的。

サンドイッチ用のパン

作三明治用的麵包。

クッキング用のワイン

煮菜調理用的酒。

ディナー用のメニュー

晚餐用的菜單。

３）（動詞）＋てください

此句型是有關於「請求」的說法，中文是「請～」的意思。

の
飲んでください。　　　　　/　　　　　買ってください。

請喝　　　　　　　　　　　　　　　　　請買

つく
作ってください。　　　　　/　　　　　切ってください。

請製作　　　　　　　　　　　　　　　　請切

４）（動詞）＋ておく

「～ておく」接於動詞連用形之後，表示「事先做某事」或「做好以備不時之需」。

か
ソーセージを買っておきましょう。

買香腸以備不時之需吧！

き
たまねぎを切っておいてください。

請事先把洋蔥切好。

ようい
フライパンを用意しておきました。

事先準備好平底鍋。

５）～で（有關方法、手段的用法）

當我們想用日文說「用平底鍋煎」「用油作菜」或「用刀切」，我們可用助詞「
で」來表示。

フライパン<u>で</u>焼く

用平底鍋煎。

油<u>で</u>料理する

用油作菜。

ナイフ<u>で</u>切る

用刀切。

６）～ましょう

此語型表示提議，「～ましょう」是由「～ます」轉變來的，文法上稱為「意志
形」。

サラダを作り<u>ましょう</u>。

做沙拉吧！

マスタードを買っておき<u>ましょう</u>。

事先買芥末吧！

ホットドッグを食べ<u>ましょう</u>。

吃熱狗吧！

2．オムレツ（1人前^{にんまえ}）の作り方^{つく　かた}

A:課文

1）材料^{ざいりょう}は、たまご2個^こ、しお、さとう、油^{あぶら}です。

2）まずはじめに、たまご2個を割^わって、よくかきまぜます。

3）そうしたら、この中^{なか}に、しおとさとうを少^{すこ}し入^いれてください。

4）それから、フライパンに油を少し入れます。

5）フライパンが熱^{あつ}くなってから、たまごを入れます。
　1/2)

6）そして、フォークでたまごを広^{ひろ}げます。

7）片面^{かためん}が焼^やけてから、半分^{はんぶん}に折^おります。

8）お皿^{さら}に乗^のせて、できあがりです。熱^{あつ}いうちに召^めし上^あがってください。
　　　　　　　　　　　　　　　　　　　　　　　　　3)

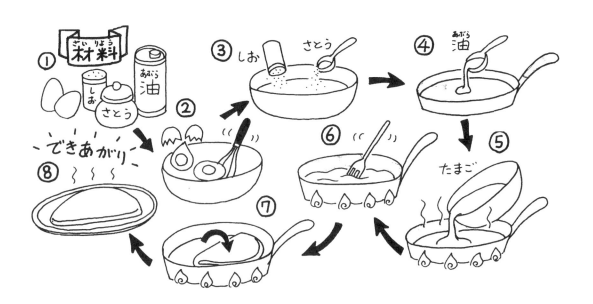

B:單字

オムレツ	煎蛋捲
１人前（いち/にん/まえ）	一人份
材料（ざい/りょう）	材料
たまご	蛋
しお	鹽
さとう	糖
油（あぶら）	油
まずはじめに	首先
割る（わ/る）	打破
かきまぜる	攪合
そうしたら	然後
少し（すこ/し）	少許
入れる（い/れる）	放
熱い（あつ/い）	熱
～てから	之後~
そして	接著
フォーク	餐叉
広げる（ひろ/げる）	推開
片面（かた/めん）	單面
焼ける（や/ける)	煎
半分（はん/ぶん）	一半
折る（お/る）	折疊
お皿（お/さら）	盤子
できあがり	結束，完成
～うちに	當
召し上がる（め/し/あ/がる）	吃；喝

C:解說

1）（形容詞／名詞）＋なる

此語型表示變化、改變。「～なる」可以和形容詞、形容動詞、名詞連用，其接用要領如下：

(形容詞語幹)くなる

(形容動詞語幹)になる

(名詞)になる

オムレツは冷^{つめ}たくなりました。

蛋捲變冷了。

お皿^{さら}はきれいになりました。

盤子變乾淨。

これはオムレツになりました。

這變成蛋捲了。

2）（動詞）＋てから、

「～たから」表示二動作的接續關係，中文是"…之後"的意思。例如："涼了之後，請放進冰箱"，日文說為：「冷たくなってから、冷蔵庫にいれてください」。

切^きってから、いためてください。

請切好後，下鍋炒。

ワインを飲^のんでから、夕食^{ゆうしょく}を食^たべましょう。

喝完酒之後，再吃晚飯吧！

３）～うちに

「～うちに」與形容詞、動詞「～ている」型連接使用，不可與過去式連接使用
。中文意思為"當…之時"。

<u>熱いうちに</u>食べてください。

請趁熱吃。

この飲み物は<u>冷たいうちに</u>飲んでください。

請趁涼把這飲料喝了。

お客さんが肉を<u>食べているうちに</u>デザートを作りました。

當客人正在吃肉時，我做了甜點。

ビールを<u>飲んでいるうちに</u>ねむくなりました。

正在喝啤酒時，我變得想睡。

47

_____

料理を作ろう！

１）７〜８行ぐらいの文で、簡単に作れる料理について書きましょう。料理の本にあるレシピではなくて、自分のよく知っている料理の作り方をクラスメートに教えてください。

２）先生にレシピの下書きを見せて、まちがいを直してもらってください。それから、声に出して読む練習をしましょう。何回も読んで上手に読めるようになるまで練習してください。

３）発表の準備をします。まずメモを用意しましょう。それから料理に使う道具やお皿などの絵をボール紙に描いて切り抜いておきます。本当の道具を使ってもいいでしょう。

４）鏡の前で練習をします。この時、切ったり、洗ったり、おなべをかきまわしたり…などのジェスチャーをつけてください。用意した道具を使うのも忘れないように。クラスでの発表の時は、黒板に絵を描きながら説明してもいいでしょう。

５）発表したレシピについてクラスメートから質問があったら日本語で答えましょう。

☞先生方に

　複雑そうな料理の説明を初級・中級レベルの日本語でするというのは、最初はとても難しいだろうと思ったのですが、やってみると意外に簡単な日本語で説明できることが分かりました。ポイントは、短い文を個条書きにするということです。オムレツの作り方はいつもわたしがモデル発表用に使ってきたもので、終わると学生から拍手を浴びました。信じられないくらい簡単で分かりやすいからだと思います。日本語のクラスだからといって、日本料理ばかり披露する必要はないと思います。学生はいろいろなレシピを披露してくれるし、また、できあがったものをサンプルに持ってきてくれたりするので、とても楽しいです。

　料理に使う材料は、発表の前に黒板に書いて説明させます。図を黒板に書きながら説明した学生もたくさんいましたが、これは発表する方も聞いている方も楽です。口頭発表というのは、丸暗記したものをさっと早口に話すのではなく、聞いている人たちが分かるようにゆっくりと話さなければ意味がありません。初級・中級者では、同じことをさりげなく繰り返して言ったり、強調したいところをわざと間違えて言ってから訂正してみたり、聞いている人たちの反応を見て話すようなことはまだ難しくてできないでしょうが、作文を書くという「書き言葉」とスピーチを発表するという「話し言葉」の大きな違いは、実践を通して少しずつ身に付けさせていくようにしたいものです。また今回の発表では、ジェスチャーを使って話すと分かりやすいスピーチになります。

　発表の後の質問では、「時間はどれくらいかかりますか」「おいしいですか」「いくらぐらいかかりますか」「何回ぐらい作りましたか」といった質問が適当かと思います。これらの質問は聞かれた方も楽に答えられるでしょう。

Lesson 4 通知
メンバーを集めよう！

1．パーティーのお知らせ

A:課文

パーティーのお知らせです。

今週の金曜日午後8時から、学生ホールのラウンジでポットラック・パーティーをします。おいしい食べ物を1つ持ってきてください。日本人の学生も来ます。ビールを飲んで、おいしいものを食べて、日本語を話しましょう。ぜひ、来てください。

B:單字

パーティー	餐會，舞會
お知らせ（お/し/らせ）	通知
今週（こん/しゅう）	本週
午後（ご/ご）	下午
～から	~起
ホール	會館
ラウンジ	娛樂室，交誼廳
～で	在~(地方)
ポットラック	自備菜餚的小餐會
食べ物（た/べ/もの）	食物
持ってくる（もってくる）	帶來
～も	也~
ビール	啤酒
飲む（の/む）	喝
もの	東西
話す（はな/す）	說
来る（く/る）	來

C:解說

１）（場所）＋で＋（動作動詞）

當句子最後的動詞是一個動作動詞，在場所名詞之後，接用「で」。句子最後的動詞若是狀態動詞，像いる和ある，場所名詞後的助詞改用「に」。

パーティーでビールを飲みました。

在餐會中喝了啤酒。

学生ホールのラウンジでパーティーをします。

在學生會館的交誼廳舉行餐會。

レストランでおいしいものを食べましょう。

到餐廳吃些美食吧。

cf. 部屋にテーブルがあります。

　屋內有桌子。

　パーティーに日本人の学生もいました。

　餐會中也有日本學生。

２）持ってくる

「持ってくる」是"帶來"的意思，所攜帶來的東西(受詞)為無生物。如果所帶來的是有生命之物，則必須用「連れてくる」，例如例句3。

パーティーには、ビールを<u>持ってきて</u>ください。

　餐會時，請帶來啤酒。

わたしはおすしを<u>持ってきました</u>。

　我帶來壽司。

cf. パーティーに犬は<u>連れてこないで</u>ください。

　　請不要帶狗參加餐會。

３）（名詞）＋も

「も」接在名詞後，表示"類比""類似"，中文意思為「也~」。名詞後，接上「も」之後，原先的" は"、"が""、"を"等助詞將為「も」取代。「も」不可用於句首或句尾。

わたしは<u>学生</u>です。<u>田中</u>さん<u>も</u>学生です。

我是學生，田中先生也是學生。

<u>先生</u><u>も</u>パーティーに<u>来</u>ました。

老師也參加餐會。

りんご<u>も</u>オレンジ<u>も</u><u>買</u>いました。

蘋果和橘子都買了。

53

2．スタディー・グループのお知らせ

A:課文

　スタディー・グループのお知らせをします。

　毎週月曜日の午後7時<u>から</u>9時<u>まで</u>、日本語をみんなで勉強しています。₁₎
場所は図書館のラウンジです。いっしょに勉強し<u>ませんか</u>。日本人の学生₂₎
も<u>何人か</u>来ます。宿題を手伝ってもらっ<u>たり</u>、日本語の会話の練習をし<u>た</u>₃₎　　　　　　　　　　　　　　₄₎
<u>りして</u>、とても楽しいですよ。

　では、もう一度言います。時間は毎週月曜、7時から9時まで。場所は
図書館のラウンジです。一度、来てみてください。

B:單字

スタディー・グループ	讀書會
毎週（まい/しゅう）	每星期
月曜日（げつ/よう/び）	星期一
～から～まで	從~到~
みんなで	大家
場所（ば/しょ）	地點
いっしょに	一起
～ませんか	要不要~？(邀請)
何人か（なん/にん/か）	幾位，一些人
宿題（しゅく/だい）	作業，功課
手伝う（て/つだ/う）	幫忙
～てもらう	接受幫忙
～たり～たりする	又…又…；有時…，有時…
会話（かい/わ）	會話
練習（れん/しゅう）	練習
～よ	~啊(語尾助詞)
では	那麼
もう一度（いち/ど）	再次
言う（い/う）	說；告訴
時間（じ/かん）	時間
一度（いち/ど）	一次
来てみる（き/てみる）	來瞧瞧

C:解說

1）（名詞）＋から　（名詞）＋まで

此句型語意為"從~到~"，「から」表示起點，「まで」表示終點。二助詞之前可與時間或場所等名詞連接使用。

月曜日<ruby>月曜日<rt>げつようび</rt></ruby>から金曜日<ruby>金<rt>きん</rt></ruby>曜日まで、日本語<ruby>日本語<rt>にほんご</rt></ruby>のクラスがあります。

星期一到星期五要上日文課。

日本語のクラスは9時<ruby>時<rt>じ</rt></ruby>から9時50分<ruby>分<rt>ぶん</rt></ruby>までです。

日文課從9點到9點50分。

図書館<ruby>図書館<rt>としょかん</rt></ruby>から学生<ruby>学生<rt>がくせい</rt></ruby>ホールまで走<ruby>走<rt>はし</rt></ruby>りました。

從圖書館跑到學生會館。

２）〜ませんか

「ませんか」句型是用來表示一種勸誘或客氣的請求。
當「ませんか」和「てくれる」結合在一起，「てくれませんか」，表示一種有
禮的請求，例如：例句3。

明日<ruby>明日<rt>あした</rt></ruby>、いっしょにパーティーに行きませんか。

明天一起去參加舞會好不好？

日本語<ruby>日本語<rt>にほんご</rt></ruby>の会話<ruby>会話<rt>かいわ</rt></ruby>を練習<ruby>練習<rt>れんしゅう</rt></ruby>しませんか。

要不要練習日語會話？

すみませんが、「お知<ruby>知<rt>し</rt></ruby>らせ」をもう一度<ruby>一度<rt>いちど</rt></ruby>言<ruby>言<rt>い</rt></ruby>ってくれませんか。

對不起，可否請再把「通知」說一次？

３）（疑問句）＋か

「か」可以接近"だれ、なに、どこ、なんぼん、なんにん"等疑問詞之後，變成
"だれか"(某人)、"なにか"(某物)、"どこか"(某地)、"なんぼんか"(幾支)、"なん
にんか"(幾位)等。

<ruby>何人<rt>なんにん</rt></ruby>かの<ruby>日本人<rt>にほんじん</rt></ruby>の<ruby>学生<rt>がくせい</rt></ruby>にきのう<ruby>図書館<rt>としょかん</rt></ruby>で<ruby>会<rt>あ</rt></ruby>いました。

昨天在圖書館碰到幾位日本學生。

<ruby>来週<rt>らいしゅう</rt></ruby>のパーティーのことはだれかに<ruby>聞<rt>き</rt></ruby>いてください。

請找個人詢問下星期聚會的事。

えんぴつを<ruby>何本<rt>なんぼん</rt></ruby>か<ruby>持<rt>も</rt></ruby>ってきてください。

請帶些鉛筆過來。

４）～たり（～たり）する

此句型表示動作交互進行或動作的列舉，「たり」在句子中可單用，也可以二個或三個同用。其用法是接在動詞連用形之後，或者形容詞的過去式之後。語尾的「します」表示非過去式，「しました」表示過去式。

きのうは、<ruby>宿題<rt>しゅくだい</rt></ruby>をしたり<ruby>日本語<rt>にほんご</rt></ruby>のビデオを<ruby>見<rt>み</rt></ruby>たりしました。

昨天寫功課，或看些日語錄影帶等。

<ruby>毎週<rt>まいしゅう</rt></ruby>、スタディー・グループで<ruby>日本語<rt>にほんご</rt></ruby>を<ruby>話<rt>はな</rt></ruby>したりします。

每個星期在讀書會中講講日文或什麼的。

スタディー・グループは<ruby>楽<rt>たの</rt></ruby>しかったりつまらなかったりします。

讀書會有時有趣，有時無聊。

メンバーを集めよう！

1）パーティー、クラブの集まり、何かの集まりなどのお知らせを6〜8行ぐらいの文で書いてください。本当のお知らせの方がおもしろいですね。

2）先生に下書きを見せて、まちがったところを直してもらいます。それから、声に出して読む練習をしましょう。上手に読めるようになるまで練習してください。

3）クラス発表の準備をします。まずメモを用意します。絵のついたポスターを1枚書いて、発表の時、壁に張るようにします。クラスメートに配るチラシも作ってみてください。

4）鏡の前で、原稿を読まなくても発表できるようになるまで練習しましょう。頭の中にクラスメートを思い浮かべて、一人ひとりの目を見て話すようにします。クラスでの発表で、話す時に、お知らせの中の大切な言葉、例えば時間や場所などを黒板に書いて強調するといいと思います。

5）発表の後で、クラスメートからの質問に答えてください。クラブに新しいメンバーが増えるかもしれませんね。

☞ 先生方に

「ANNOUNCEMENT」の発表は、本当の「お知らせ」の方がやはりおもしろいので、大学や町のイベントを易しい日本語で発表できるように指導してみてください。英語をそのまま日本語に置き換えようとすると難しくなるので、「お知らせ」の内容を、習った範囲内の日本語で書くように指導するといいと思います。少し単純になっても、「お知らせ」の重要なポイント、例えば、日時、場所、目的などがはっきりしていればいいでしょう。

また、大学にはいろいろなクラブがありますが、これらのクラブの会員募集の「お知らせ」などもおもしろいと思います。例えば、日本に関係があるクラブでは、アニメクラブ、空手クラブ、柔道クラブなどが、たいていどこの大学にもあるようです。この機会に日本語で会員募集をして会員を増やすこともできれば、一石二鳥です。もちろんクラブは、別に日本に関係のないクラブでも構わないと思います。

この「ANNOUNCEMENT」の発表では、絵や人形、ジェスチャーを使ったりしませんので、発表者はクラスメート一人ひとりの顔を見ながら説明しなければなりません。慣れないとちょっと難しいのですが、練習させてみてください。しかし、発表で自分で作ったチラシをクラスメートに配ったり、ポスターを黒板や壁に張ったりして雰囲気を出すと、聞く側も熱心に耳を傾けるので話しやすくなります。

発表の後の質問は「会費はいくらですか」「友だちも連れていってもいいですか」「場所がよく分からないので、地図を書いてください」といったものでいいでしょう。本当は興味がなくても、クラスメートへの礼儀上、わざと質問する学生もいるようです。

Lesson 5　演木偶戯

人形劇をしよう！

1. スポーツ

A:課文

　　John and Nancy are studying Japanese in the same class, but they are not close enough to speak casually. They started a small conversation during a lunch break.

ジョン：　ナンシーは、どんなスポーツが好きですか。

ナンシー：あまり上手じゃありませんが、バレーボールが好きです。友だちと1週間に1度ぐらいビーチバレーをします。
1)

ジョン：　何人でするんですか。
2)

ナンシー：1チーム、2人でします。

ジョン：　おもしろそうですね。わたしはバレーボールはあまりしませんが、バスケットボールは、よくしますよ。
3)

ナンシー：バスケットボールは、わたしにはちょっと難しそうですねえ。

B:單字

スポーツ	運動
どんな	什麼樣的~
（～が）好き（す/き）	喜歡
上手（な）（じょう/ず（な））	擅長，精於~
バレーボール	排球
友だち（とも/だち）	朋友
～と	和~
～に～	每~(參見解說)
～週間（しゅう/かん）	(計算週數)~週
～度（ど）	(計算次數)~次
ビーチバレー	海灘排球
する	做；玩
何人（なん/にん）	幾個人
～人（にん）	(計算人數)~人
～で	以~
チーム	隊
2人（ふたり）	二人
～そう	好像~
バスケットボール	籃球
よく	經常
～には	對~
ちょっと	一些
難しい（むずか/しい）	困難
～ねえ	吧，啊(徵求對方的贊同、回答)

C:解說

１）（名詞＋助數詞）＋に＋（名詞＋助數詞）

此語型是用來表示頻率(例如每週一次，一天兩次)，或比例。

わたしは<ruby>１週間<rt>いっしゅうかん</rt></ruby>に<ruby>３回<rt>さんかいおよ</rt></ruby>泳ぎます。

我每週游泳三次。

ナンシーは<ruby>１カ月<rt>いっげつ</rt></ruby>に<ruby>２度<rt>にど</rt></ruby>ぐらいテニスをします。

南西每個月打兩次網球。

このクラスの<ruby>３人<rt>さんにん</rt></ruby>に<ruby>１人<rt>ひとり</rt></ruby>は<ruby>何<rt>なに</rt></ruby>かスポーツをします。

這個班上每三人當中有一人做些運動。

２）～（人）で

此語型用來表示進行某事情時所需的人數或對人數的指定說明。「で」接在有關人數的數量詞之後，形成副詞性的功用，來修飾後面的動詞。

わたしは<ruby>友<rt>とも</rt></ruby>だちと<ruby>２人<rt>ふたり</rt></ruby>でハイキングに<ruby>行<rt>い</rt></ruby>きました。

我和我朋友，兩個人去健行。

<ruby>１人<rt>ひとり</rt></ruby>でスキーに行きました。

我自己一個人去滑雪。

ビーチバレーは<ruby>何人<rt>なんにん</rt></ruby>でしますか。

有多少人要打海灘排球？

３）〜そう（好像；聽說）

此語型有兩種含意，第一是表示"樣態"的用法，"似乎，看起來好像"的意思，可以與動詞、形容詞、形容動詞連接使用，但不可接在名詞和動詞過去式之後。其接用要領如下：

動詞連用形＋そう→食べそう，読みそう，来そう
形容詞、形容動詞語幹＋そう→高そう；静かそう

第二種用法表示"傳聞"，"聽說~"的意思，其接用要領如下：

動詞終止形＋そう→食べるそう
形容詞、形容動詞終止形＋そう→大きいそう；静かだそう

このテニスのラケットは高<u>そう</u>ですね。

這把網球拍似乎蠻貴的。

チームのメンバーはもうすぐ来^き<u>そう</u>ですよ。

隊員好像快要到了。

ビーチバレーは楽^{たの}し<u>そう</u>です。

海灘排球看起來似乎很有趣。

cf. このテニスのラケットは高い<u>そう</u>です。

　聽說這種網球拍蠻貴的。

　チームのメンバーはもうすぐ来る^く<u>そう</u>です。

　聽說隊員快要到了。

　ビーチバレーは楽^{たの}しい<u>そう</u>です。

　聽說海灘排球是很有趣。

2．パーティーで

A:課文

John and Nancy are friends, but not so close. They met at a party.

ジョン：　明日日本語のテストがある<u>のに</u>、パーティーに<u>来てしまいまし</u>
　　　　　た。

ナンシー：わたしも今日はとても忙しいのに来たんですよ。田中さんも来
　　　　　ている<u>はず</u>です。

ジョン：　ああ、田中さんはあそこでビールを飲んでいる<u>よう</u>です。

ナンシー：あ、そうですね。<u>田中さんのとなりにいる人</u>はだれですか。

ジョン：　さあ、だれでしょうねえ。田中さんの新しい友だちのようです
　　　　　が。

ナンシー：あの2人はもうずいぶんビールを飲んだようですよ。顔が赤い
　　　　　です<u>から</u>。

B:單字

明日（あした）　　　　　　　　　　　　tomorrow

テスト	小考測驗
ある	有
～のに	雖然，即使~(參見解說)
～てしまう	表示動作的完成，含有惋惜之意(參見解說)
忙しい（いそが/しい）	忙碌的
～んです	是~(事實的敘述)
来ている（き/ている）	到了
～はず	理應~(參見解說)
あそこ	那裏(遠方)
～よう	看來像~
（～の）となり	~的隔壁
いる	有；在(生物)
人（ひと）	人
だれ	誰
さあ	啊
～でしょうねえ	是~吧
新しい（あたら/しい）	新的
もう	已經
ずいぶん	相當、非常~
顔（かお）	臉
赤い（あか/い）	紅色的
～から	因為~

C:解說

1）（句子）+のに、+（句子）

此句型表示兩種狀況的強列對比，屬於逆態的連接，並帶有說話者不滿或抱怨的語意。「のに」可接用於動詞和形容詞的任何時態語型之後，若接在名詞和形容動詞之後，「のに」和名詞、形容動詞之間必須多加上「な」。

65

When <u>na</u>-adjectives are used in this structure, the formation is the same as for nouns (<u>na</u> is used in front of <u>noni</u>).

<ruby>毎日勉強<rt>まいにちべんきょう</rt></ruby>しているのに、テストはあまりよくできません。

即使每天讀書學習，考試還是考不太好。

きのう<ruby>電話<rt>でんわ</rt></ruby>した<u>のに</u>、<ruby>友<rt>とも</rt></ruby>だちはパーティーに<ruby>来<rt>き</rt></ruby>ませんでした。

昨天雖然打了電話，我朋友還是沒來參加派對。

ナンシーは<ruby>忙<rt>いそが</rt></ruby>しかった<u>のに</u>、パーティーに<ruby>行<rt>い</rt></ruby>った。

南茜雖然很忙，仍然來參加派對。

<ruby>田中<rt>たなか</rt></ruby>さんは<ruby>学生<rt>がくせい</rt></ruby>な<u>のに</u>、あまり勉強しません。

田中雖是個學生，卻不怎麼用功。

２）（動詞）＋てしまう

此語型常用來表示說話者對於事情發生，帶有後悔，懊悔等心情，但也可用來表示說話者的喜悅或自豪的心情，例如最後的例句。

ビールを<ruby>飲<rt>の</rt></ruby>んで、お<ruby>金<rt>かね</rt></ruby>を<ruby>全部使<rt>ぜんぶつか</rt></ruby>っ<u>てしまいました</u>。

把所有的錢花費在喝啤酒上。

さっきアイスクリームを<ruby>食<rt>た</rt></ruby>べたのに、また食べ<u>てしまった</u>。

先前雖然吃了冰淇淋，後來卻又吃了。

パーティーでウィスキーをたくさん<ruby>飲<rt>の</rt></ruby>んで、よっぱらっ<u>てしまいました</u>。

在餐會上喝了很多威士忌，結果醉倒了。

cf. 日本語のテストの勉強は、もうしてしまいました。

　幸運地是，我已經結束了日語小考的學習準備。

３）〜はず

「〜はず」，表示"照理說應該〜"的意思。與其他語詞的接用要領如下：
動詞、形容詞常體形(過去式、非過去式)＋はず
名詞＋の＋はず
形容動詞＋な＋はず
形容動詞＋だった＋はず

パーティーには行かないはずでしたが…。

照理說是不參加餐會，但是還是參加了。

田中さんはここで待っていたはずですが…。

我認為田中先生會在這裡等待，但是...

ナンシーはアメリカ人のはずです。

我確定南茜是個美國人。

４）〜よう（好像〜）

"好像〜"的表達方法在日語中有好幾個，「〜よう」是其中的一種說法。其接用要領如下：
動詞、形容詞的常體形(過去式、非過去式)＋よう
名詞＋の＋よう
形容動詞(非過去式)＋な＋よう
形容動詞(過去式)だった＋よう

明日の日本語のテストは、難しい<u>よう</u>です。

明天的日語考試好像蠻難的。

田中さんの友だちは、パーティーに行かなかった<u>よう</u>です。

田中先生的朋友似乎沒去參加餐會。

このクラスの学生は、よく勉強する<u>よう</u>です。

這個班上的學生好像蠻用功的。

ジョンはいい学生の<u>よう</u>でした。

約翰似乎是個好學生。

５）（句子）＋（名詞）

此句型乃介紹一關係子句當作修飾語，來修飾後面的名詞。連體修飾句中的動詞為常體形。

<u>ジョンのとなりにいる人</u>はナンシーの友だちです。

在約翰旁邊的那個人是南茜的朋友。

<u>わたしが飲んでいるビール</u>はちょっと高いです。

我現在正在喝的啤酒稍嫌昂貴。

これは<u>わたしの日本語の先生が作ったテスト</u>です。

這是我日文老師出的考試題目。

６）（句子）＋から＋（句子）

此句型是有關於原因、理由描述的句型，「から」接在一子句後，表示原因、理由，可以結果子句先講，原因子句後說，例如第一個例句。其接用要領如下：

動詞、行容詞的常體形成敬體形＋から

形容動詞＋だ＋から

名詞＋だ＋から

パーティーには、ビールを持^もっていこう。みんな、たくさん飲むようだ<u>から</u>。

我將帶些啤酒去參加餐會，因為大家好像都要大飲特飲。

ジョンがパーティーに行^いった<u>から</u>、ナンシーも行くでしょう。

因為約翰去參加餐會，所以南茜也會去吧。

ナンシーはきれいだ<u>から</u>、パーティーで人気^{にんき}があります。

南茜在餐會中，很受歡迎的，因為她很可愛。

人形劇をしよう！

1）自分の好きなトピックについて、6〜8行ぐらいの文で会話文を書いてください。それから、会話文の前に、会話をしている2人の関係や場所の説明などを少し入れてください。

2）先生に下書きを直してもらってから、声に出して読む練習をします。上手に読めるようになるまで、練習してください。

3）クラス発表の準備をします。まずメモを作ります。それから、人形を2つ用意します。もし人形がなければ、ボール紙に人や動物などの絵を描いて切り抜いてもおもしろいものができます。人形を使うのは、クラスメートが会話を理解しやすいようにするためです。

4）鏡の前で人形を持って練習します。口と手がうまく合うように練習しましょう。この時、人形はいつも正面に向けておいてください。会話だと思って、人形を向かい合わせると、見ている人たちには人形の顔が見えなくなってつまらなくなります。

5）発表の後で、クラスメートからの質問に答えてください。

☞先生方に

　初級・中級の日本語の教科書では、「です／ます体」が主流のようなので、この教科書での会話の例も、「です／ます」を使った丁寧体にしました。会話は、まだあまり親しくない友人同士の会話という設定です。けれども、カジュアルな日本語が導入されていて、丁寧体との使い分けがうまくできるようであれば、もちろんカジュアルな日本語を使った方が、より自然な会話が書けると思います。クラスのレベルに合わせて調整してみてください。そして、会話の発表の前に、２人の関係や場所などの簡単な説明をしてもらうと、聞く側は理解しやすくなります。スキットなどでは、学生は自分の話すところしか覚えませんから、人形などを使って一連の会話を１人でするというのは、学生にとって勉強になることだと思います。

　それから、人形を使う時に注意することは、人形をいつも正面に向けておくということです。慣れないと、会話なので、つい２つの人形を向き合わせがちですが、見ている方は何も見えなくなってしまい、おもしろみがなくなってしまいます。鏡の前に立って練習すると、このことがよく分かります。

　発表に使う人形ですが、以前、わたしが持っている人形を何人かの学生に貸したところ、それを聞きつけたほかの学生たちが皆、わたしに借用を求めてきて、発表では何度も同じ人形を見せられてつまらなかったことがあります。それ以来、人形を持っていない学生には、ボール紙に絵を描いて色を塗るように言っています。その方が会話の内容に合ったものが作れますし、見ていてもとてもおもしろいです。マンガや絵の好きな学生はあっと驚くようなものを作ってきます。また、自分で人形を持っていなくても、妹や弟などから動物などの縫いぐるみや人形を借りてきて代用した学生もたくさんいます。とにかく、クラスが和気あいあいとなり、うまくできた学生には「アンコール」の掛け声がかかったりして…。これは、わたしが楽しみにしている発表の１つです。

　このような発表の後の質問は、ちょっとしづらいのですが、内容に関してでもいいし、作ってきた人形についてでもいいでしょう。例えば、「その犬はかわいいですね。だれに借りたのですか」「それは自分で描いたのですか」などの質問でもいいと思います。

Lesson 6

現個寶
宝物を見せよう！

1．わたしの犬

A:課文

　これはわたしの犬です。名前はミッキーです。ミッキーは<u>大きくて</u>白い
[1)]
犬です。ミッキーの好きな食べ物は肉ですが、毎日ミッキーはドッグフー
ドを食べます。ミッキーはドッグフードは嫌いでしょうが、<u>食べなくては</u>
[2)]
<u>いけません</u>。

　ミッキーは<u>年をとっています</u>。それで、いつも家の中にいますが、時々
[3)]
外に出ます。わたしも時々ミッキーと外で遊びます。ミッキーはとてもか
しこい犬です。

　ミッキーは、去年、病気になりました。わたしはとても心配しましたが、
すぐ元気になりました。今は、たいへん元気です。わたしはミッキーが大
好きです。

B:單字

犬（いぬ）	狗
名前（な/まえ）	名字
大きくて（おお/きくて）	大(而~)(參見解說)
白い（しろ/い）	白色的
好きな（す/きな）	喜愛的~
毎日（まい/にち）	每天
ドッグフード	狗食物
嫌い（きら/い）	討厭
～でしょう	是~吧
～なくてはいけません	必須~，不~不行
年をとっている（とし/をとっている）	年老的
それで	因此；所以
いつも	總是
家の中（いえ/の/なか）	在家裡，在屋裏
外（そと）	外面
出る（で/る）	外出
遊ぶ（あそ/ぶ）	遊玩
かしこい	聰明的
病気（びょう/き）	生病的
心配する（しん/ぱい/する）	擔憂，操心
すぐ	立即，馬上
元気（な）（げん/き（な））	健康，有活力的
今（いま）	現在
たいへん	非常
（～が）大好き（だい/す/き）	非常喜愛~

C:解說

1）形容詞＋て

此語型用來連接兩個形容詞，日語中的「と」連
接助詞不能用來連接兩個形容詞，「て」的接用
方法如下：
(形容詞)い→(形容詞)くて。例：大きくて
(形容動詞) な→(形容動詞) で。例：きれで

うちには、<u>大きくて</u>白い犬がいます。

我家裏有隻大白狗。

あそこの<u>広くて</u>美しい公園で、犬と遊びました。

我和我的狗在那寬敞有漂亮的公園裡遊玩。

わたしのペットは、<u>元気で</u>おもしろい犬です。

我的寵物是一隻活潑、有趣的狗。

2）〜なくてはいけません

此語型表示"必須~""不…不行"，的意思，與"〜てはいけません"語意不同，不可
混淆。

犬は毎日外で遊ば<u>なくてはいけません</u>。

狗應該每天在外面遊玩，活動活動(才對)。

犬は元気（げんき）でなくてはいけません。

狗應該是健康有活力的。

犬はかしこくなくてはいけません。

狗應該是聰明的。

　食（た）べてはいけません。

　不可以吃。

３）年をとっている　VS.古い

「年をとっている」表示人或動物的年老，樹木・桌子等物品的老舊，則用「古い」來表示。

わたしの犬（いぬ）は年（とし）をとっているけれど、とても元気（げんき）です。

縱使我的狗是年邁的，但是牠卻是非常健康的。

わたしの父（ちち）は年（とし）をとっています。

我爸爸已經上年紀了。

家（いえ）の外（そと）にとても古（ふる）い木（き）がたくさんあります。

我家屋外有許多老樹。

古（ふる）い肉（にく）はよくありません。

老硬的肉不好。

2．ロシアの人形

A:課文

　この木の人形は、去年の春にロシアに行った時、買いました。エリツィン人形です。エリツィンはロシアの旗を持っています。この人形の中にいろいろな人形が入っています。

　エリツィン人形の中にゴルバチョフがいます。ゴルバチョフはネクタイをしています。ゴルバチョフ人形の中にだれがいるでしょうか。ああ、スターリンがいます。スターリンは、何も持っていませんが、ひげがあります。スターリンの中にだれがいると思いますか。今、開けます。レーニンです。レーニン人形は本を持っています。これで全部です。

　わたしは時々人形を出して眺めます。ロシアの歴史を考えたり、ロシアへの旅行を思ったりします。人形を見るのはとても楽しいです。

(The idea of this topic came from a presentation of an American student, who studied Japanese at Western Washington University, 1996.)

B:單字

ロシア	蘇聯；俄羅斯
ロシアの	俄國的
人形 （にん/ぎょう）	玩偶；洋娃娃
木 （き）	木頭
木の （き/の）	木製的
春 （はる）	春天
〜時 （とき）	當~的時候
買う （か/う）	購買
エリツィン	葉爾辛
旗 （はた）	旗幟
〜の中に （の/なか/に）	在~裏
いろいろな	各式各樣的~
入っている （はい/っている）	裝有~
ゴルバチョフ	戈巴契夫
ネクタイ	領帶
する	穿戴
〜でしょうか	是~吧？
ああ	啊！
スターリン	史達林
ひげ	鬍鬚
開ける （あ/ける）	打開
レーニン	列寧
本 （ほん）	書本
これで	這個~
全部 （ぜん/ぶ）	全部；一共
出す （だ/す）	取出
眺める （なが/める）	玩賞；注視
歴史 （れき/し）	歷史
考える （かんが/える）	想；思考；認為
旅行 （りょ/こう）	旅行
〜の	形式名詞(參見解說)

C:解說

1）（句子）+時、+（句子）

此語型的意思是"當…的時候"，其用法類似英文中表示時間的"When"子句，只是在日文中，表示時間的子句都放在主要子句前面。「時」可以與動詞、形容詞、行容動詞"連接使用。

このロシアの人形を買った時、いくら払ったか忘れました。

買這個俄羅斯玩偶時，付了多少錢，我已經忘記了。

ロシアに行く時、どの飛行機で行きますか。

前往俄國時，你要搭乘哪一班飛機？

去年サンフランシスコに行った時、このTシャツを買いました。

去年去舊金山時，我買了這件T恤。

2）（自動詞）+ている

日文中"入る、くる、行く、とまる"等自動詞，以及" する、持つ"等表示結果、狀態的動作動詞，與" ている"接用時，表示動作結果的狀態持續，並不是表示動作正在進行中。例如：来ている，表示人已經到了。

この人形の中に何が入っていると思いますか。

你認為這個人形玩偶內部裝著什麼？

ゴルバチョフ人形はネクタイを<u>し</u><u>ています</u>。

戈巴契夫的人形玩偶繫著領帶。

エリツイン人形はロシアの<ruby>旗<rt>はた</rt></ruby>を<ruby>持<rt>も</rt></ruby>っ<u>ています</u>。

葉爾辛的人形玩偶拿著一面俄國的旗子。

３）の（名詞化）

動詞、形容詞，斷定助動詞「だ」之後加上形式名詞「の」之後，其性質轉變為名詞，可當主詞或受詞。「の」之前的語形可以為非過去式，也可以為過去式。

このロシアの<ruby>人形<rt>にんぎょう</rt></ruby>を<u><ruby>見<rt>み</rt></ruby>るの</u>は、とても<ruby>楽<rt>たの</rt></ruby>しいです。

觀賞此種俄國的人形玩偶是挺有趣的。

<ruby>楽<rt>たの</rt></ruby>しい<ruby>旅行<rt></rt></ruby><u>だったの</u>は<ruby>本当<rt>ほんとう</rt></ruby>です。

相信它是一次愉快有趣的旅行，是真實無疑的。

<ruby>友<rt>とも</rt></ruby>だちがロシアの<ruby>人形<rt></rt></ruby>を<u><ruby>買<rt>か</rt></ruby>うの</u>を<ruby>見<rt></rt></ruby>ました。

我看到我的朋友買了一個俄國的人形玩偶。

宝物を見せよう！

1）何かクラスメートに見せたい「宝物」を探して、それについて 8～10 行ぐらいの文で作文を書いてください。どうしてそれが「宝物」なのか、どのようにして手に入れたかなどについて書いてください。

2）先生に下書きを直してもらってから、声に出して読む練習をしましょう。上手に読めるようになるまで練習してください。

3）クラスでの発表の準備をします。まずメモを作りましょう。「宝物」がペットなど生き物の場合は、大きな写真とか絵を準備しましょう。

4）鏡の前に「宝物」を持って立って、クラスメートに見せているつもりで練習します。動かしたりできるものは、実際に話しながら動かしたりしてみてください。クラスに「宝物」を持っていくのを忘れないように。

5）発表の後でクラスメートがいろいろ質問しますから、答えてください。

☞先生方に

　「SHOW AND TELL」は北米の小学校などでスピーチの練習によくやるようです。学生は慣れたもので、実にいろいろな宝物を持ってきます。中には、生きたハムスターや小さな亀などを持ってきた学生もいます。「SHOW AND TELL」の宝物は、「ロシアの人形」のように話しながら何かを取り出したり、実際に使って見せたりできるものが効果的です。写真の場合は、大きくてはっきりしたものを用意させてください。

　自分の宝物を説明する時は、やはり知らない単語を使わざるを得ないようですから、その場合は、発表の前に黒板に単語のリストを書いてクラスメートに説明するように指示してください。しかし、あまり数が多くならないようにした方がいいでしょう。あまり難しい単語が多いと、聞いている学生がよく理解できなくなります。クラスメートが知らない単語を黒板に書くのは、5～6語までが限度でしょうか。

　「SHOW AND TELL」の後は、クラスメートからたくさん質問が出ます。珍しいものを見たためでしょう。答える方も結構楽しそうに答えています。ハムスターの時は、「毎日、何を食べますか」「どのくらい食べますか」「何歳ですか」「何時間ぐらい寝ますか」などの質問が出ました。

★レッスン７（８２～８６ページ）は、台湾版用に書かれたものであり、本文、文法説明、イラストなどはすべて日本オリジナル版と異なっています。

筆者／副島　勉　　　イラスト／鄭　成祥

1. 手くせの悪い子供と母親

☆本篇是由副島 勉先生所編著。

A:課文

　ある子供が、学校で同級生の書き物板を盗んで、おっ母さんの所に持って来ました。おっ母さんはそのことを叱らなかった①ばかりか、褒めたものですから、その次に、子供は外套を盗んで、おっ母さんの所へ持って来ました。すると、おっ母さんは、一層褒めました。

　そして時が経つ②うちに、子供はだんだん悪いことを③するようになって、捕まえられ、手を後ろに縛られて、牢屋に入れられました。おっ母さんは悲しんで、泣き④ながら息子に着いて行くと、

　「ちょっと話したいことがあります」

と、息子が言いました。

　おっ母さんがそばに来ると、息子はいきなりおっ母さんの横っ面を張りました。おっ母さんはびっくりして、とんでもない親不孝者だと叱ると、息子は言いました。

「私が初めて、書き物板を盗んで持って来た時、私を殴ってくださったら、こんなことになって、死刑にされなかったでしょう」

　悪いことは、初めのうちに放っておくと、どんどん大きくなるものです。

　　注　昔のギリシャには紙がなかったので、帳面の代わりに蝋を塗った板
　　　　を学校に持って行きました。

B:單字

同級生	同班同學
書き物板	希臘時代學生用的筆記本（上面塗蠟的木板）
盗む	偷
おっ母さん	媽媽
叱る	罵、叱責
褒める	讚美、稱讚
外套	外套、大衣
すると	於是
一層	更加
時が経つ	時間過去
だんだん	漸漸地〜、越來越〜
牢屋	監獄
いきなり	突然間
横っ面を張る	打嘴巴
びっくりして	嚇一跳
とんでもない	豈有此理
親不孝者	不孝順父母
殴る	揍、打

死刑 死刑
<small>し けい</small>

放っておく 放著不顧
<small>ほう</small>

ギリシア 希臘

帳面 筆記本
<small>ちょうめん</small>

蝋 蠟
<small>ろう</small>

塗る 塗上
<small>ぬ</small>

C:解說

１）動詞・普通形
  い形・い／な形・な ＋ ばかりか（ばかりでなく）、～
  名詞

表示：不但（前句文的內容），還有（後句文的內容）。

泥棒に入られたばかりか、命も奪われた。
<small>どろぼう　はい　　　　　　　　　いのち　うば</small>
小偷不但侵入，還把命給奪去。
安いばかりでなく、性能もいい。
<small>やす　　　　　　　　　　せいのう</small>
不只是便宜而已，性能也很好。
雨ばかりか、風も吹き始めた。
<small>あめ　　　　　　かぜ　ふ　　はじ</small>
不但下起雨，還颳起風來了。

２）動詞・非過去式
  い形・い／な形・な ＋うちに、～
  名詞・の

a.趁著～、～之內

学生のうちに、留学したほうがいい。
<small>がくせい　　　　　　りゅうがく</small>
趁著當學生時去留學比較好。

熱いうちに、召し上がってください。
請趁熱品嚐。

晴れのうちに、出発しましょう。
趁著天氣晴朗時出發吧。

b. 正在～的時候、不知不覺地～

友達と話しているうちに、時間を忘れてしまった。
和朋友聊天，不知不覺便忘了時間。

考えているうちに、家に着いた。
正在思考事情時便到家了。

迷っているうちに、期限がきてしまった。
還在猶豫時期限已經到了。

３）一般動詞・非過去式 ＋ するようになる。

表示：養成新的習慣（以前沒有這樣的習慣，現在開始做這樣之意）

最近、主人が遅く帰って来るようになった。
最近，丈夫都晚歸。

息子がたばこを吸うようになった。
兒子變得會吸菸了。

以前、娘は家事を全然手伝わなかったのに、最近、手伝うようにな

りました。
女兒以前完全不會做家事，最近卻變得會幫忙了。

４）動詞・ます形 ＋ ながら、～

表示：兩個動作同時進行（一邊～一邊～）

テレビを見ながら、食事します。
一邊看電視，一邊吃飯。

考えながら、歩きます。
邊走邊想。

働きながら、勉強します。
半工半讀。

２．浦島太郎

A:課文

　昔々、ある所に浦島太郎という人がいました。浦島さんは漁師でした。
　　　　　　　　　　　　　　1)
毎日、魚をとりに海へ行きました。
　　　　　　　2)

　ある日、浦島さんは子供たちがかめをいじめているのを見ました。浦島
さんは子供たちに「かめをいじめるのはやめなさい」と言って、かめを助
けてあげました。
3)

　次の日、浦島さんが助けたかめが来て、浦島さんに「竜宮城に行きまし
　　　　4)
ょう」と言いました。浦島さんはかめといっしょに海の中にある竜宮城へ
　　　　　　　　　　　　　　　　　　　　　　　　4)
行くことにしました。
5)

　竜宮城で浦島さんは乙姫さまに会いました。乙姫さまはとてもきれいで、
浦島さんはしばらく竜宮城にいることにしました。

　しばらくして、浦島さんは家に帰りたくなりました。乙姫さまはおみや
げにきれいな箱をくれましたが、「開けてはいけません」と浦島さんに言い
ました。

　浦島さんは家に帰りました。けれども、浦島さんが知っている人はだれ
も村にいませんでした。

　浦島さんはさびしくなって、乙姫さまがくれたきれいな箱を開けました。
箱の中から白いけむりが出てきました。すると、浦島さんはあっという間
におじいさんになってしまいました。浦島さんは竜宮城に百年ぐらいいた
ようです。

B:單字

浦島太郎（うら/しま/た/ろう）	浦島太郎
昔々（むかし/むかし）	很古老
ある所（ある/ところ）	某地方
～という人（という/ひと）	名叫～的人
漁師（りょう/し）	漁夫
魚（さかな）	魚
とる	捕，捉
～に行く（に/い/く）	為了_去（參見解說）
海（うみ）	大海
子供たち（こ/ども/たち）	小孩們
かめ	烏龜
いじめる	欺侮
やめる	阻止
～なさい	請～
助ける（たす/ける）	幫助，解救
～てあげる	為人做～（參見解說）
次の日（つぎ/の/ひ）	隔天
竜宮城（りゅう/ぐう/じょう）	龍宮城
（～と）いっしょに	與....一起
ある	有
～ことにする	決定
乙姫さま（おと/ひめ/さま）	公主
会/う（あう）	見面
きれいな	漂亮的
～で	（て、です）的中止形
しばらく	暫時
いる	在，停留
しばらくして	過了一會兒
家（いえ）	家
帰る（かえ/る）	回來，回去
～たくなる	開始想～

おみやげ	禮物，土產
箱（はこ）	盒子
くれる	（別人）給 （我或我家人）
～てはいけません	不可以
知っている（し/っている）	認識，知道
だれも～ない	沒人～（參見解說）
村（むら）	村落
さびしい	寂寞
中から（なか/から）	從中
けむり	煙
すると	如此一來
あっという間に（あっという/ま/に）	瞬間
おじいさん	老公公
～てしまう	（表示動作的完成）
百年（ひゃく/ねん）	一百年

C:解説

1）（名詞）＋という＋（名詞）

此語型用於自身不太清楚的話題，或者假設對方不是很清楚的狀況下，針對某一主題特別加以提示。　下面兩個例句的含意略有不同。

---

1 きのう、スミスさんに会いました。

2 きのう、スミスというアメリカ人に会いました。

第１例句，說話者熟識史密斯先生，而假設聽者也認識他。
第２例句則假設聽者不認識史密斯先生。

浦島太郎という漁師を知っていますか。

你知道有一名叫浦島太郎的漁夫嗎？

竜宮城というところは海の中にあります。

在深海中有一個地方叫龍宮城。

竜宮城には乙姫さまというきれいな女の人がいました。

在龍宮城中有位美麗的公主。

２）〜に＋（移動性動詞）

動詞連用形後接『に』，然後再接用『行く』『来る』『帰る』等移動性動詞，用
表示動作的目的。

魚<ruby>(さかな)</ruby>をとり<u>に</u>海<ruby>(うみ)</ruby>へ<u>行<ruby>(い)</ruby>きました</u>。

他去海邊捕魚。

浦島<ruby>(うらしま)</ruby>さんはかめを助<ruby>(たす)</ruby>け<u>に</u>来<ruby>(き)</ruby>ました。

他去海邊捕魚。

かめは海<ruby>(うみ)</ruby>から浦島<ruby>(うらしま)</ruby>さんに会<ruby>(あ)</ruby>い<u>に</u>来ました。

烏龜從深海中來會見浦島。

３）（動詞）＋てあげる

此語型用來表示某人為他人行個方便，做了某事。

浦島<ruby>(うらしま)</ruby>さんはかめを助<ruby>(たす)</ruby>け<u>てあげました</u>。

浦島先生好心地救了烏龜。

かめは浦島さんを竜宮城<ruby>(りゅうぐうじょう)</ruby>に連<ruby>(つ)</ruby>れていっ<u>てあげました</u>。

烏龜好心地帶浦島先生去龍宮城。

乙姫<ruby>(おとひめ)</ruby>さまは浦島さんに歌<ruby>(うた)</ruby>を歌っ<u>てあげました</u>。

公主唱首歌給浦島先生聽。

４）（句子）＋（名詞）

此語型為連體修飾用法，已出現於第５課（P.68），　因為用法稍為困難，因此這一課中再作複習。

浦島さんが助けたかめが来ました。

浦島先生所救的烏龜來了。

海の中にある竜宮城はとてもきれいです。

位於深海中的龍宮城非常美麗。

これは乙姫さまがくれた箱です。

這是公主給的盒子。

５）（動詞）＋ことにする

此語型表示“決定”的意思，『ことにする』接在動詞的非過去式常體形之後，的動詞可以為否定形（例如最後的例句）。

浦島さんは竜宮城に行くことにしました。

浦島先生決定去龍宮城。

浦島さんは家に帰ることにします。

浦島先生決定回家。

乙姫さまにもらった箱は開けないことにしましたが…。

本來決定不打開公主所送的盒子，但是……。

６）（疑問句）＋も

なに、どこ、だれ、いくら等疑問詞之後接助詞『も』，即形成否定的意思，例如：
なにも（沒什麼），どこも（什麼地方都不），だれも（沒人），いくらも（很少，
幾乎，沒有）等。　"どこ"與"も"之間可根據前後，文意添加『へ』『に』。
此語型通常後接動詞，形容詞，『だ』助動的否定形。

竜宮城はおもしろかったので、浦島さんはどこへも行きませんでした。

龍宮城很好玩，因此浦島先生就沒再去其他地方。

浦島さんが知っている人はだれも村にいませんでした。

村子裡都沒有浦島先生認識的人。

箱の中にはけむりのほかに何も入っていませんでした。

盒子裡除了一陣白煙，什麼東西也沒有。

７）あっという間に

在敘述某事的演變經過或結束的快速時，常以此"あっという間に"（一轉眼間）來
表達。

かめに乗ると、あっという間に竜宮城に着きました。

一騎上烏龜背上，一眨眼之間就來到龍宮城。

楽しいことはいつでも、あっという間に終わってしまいます。

快樂的事物總是瞬間就結束。

あっという間に浦島さんはおじいさんになってしまいました。

瞬間浦島先生變成了一位老人。

絵本でお話をしよう！

1）まず、絵が大きくてはっきりした子供用の絵本を図書館などで選んでから、絵を基にし
　てお話を書きます。1つの絵にパラグラフを1つずつ書いて、全部で7〜8ぐらいのパ
　ラグラフになるようにします。絵本のストーリーの通りに書く必要はありません。絵本
　のお話は短く簡単にしてもかまいません。絵本が見つからなかったら、自分で絵を描い
　てお話を作ってもおもしろいです。自分で絵を描く場合は、大きくてはっきりした絵を
　描いてください。

2）先生に下書きを直してもらってから、声に出して読む練習をします。上手に読めるよう
　になるまで練習してください。

3）クラスでの発表の準備をします。まずメモを用意しましょう。クラスに持っていく絵本
　を忘れないでください。

4）鏡の前に立って、絵本を見せながらお話をする練習をします。聞いているクラスメート
　が興味を持つように、話し方に工夫をしましょう。

5）もしクラスメートから質問が出たら、答えてください。

☞先生方に

　絵本を使って日本語でお話をするというのは、初級・中級の日本語のクラスでは難しいように思えますが、意外に簡単にできます。まず、自分たちが習った日本語で表現できそうな絵本を図書館で見つけさせます。絵本は大きくて、絵のはっきりしたものを選ぶように指示します。色の薄いものや絵の小さいものは、人数の多いクラスでは効果的ではありません。日本語のクラスだからといって日本の物語を選ぶ必要はないと思います。小さい子供用の絵本が適当でしょう。絵本ですから、なるべく「お話を語る」ように日本語を練習させてください。絵本のページが多いようでしたら、何ページか飛ばして省略し、つじつまを合わせて終わらせればいいのです。

　また、適当な絵本が見つけられなかった学生は、自分でストーリーを考えて適当な枚数の絵を描いてもおもしろいものができます。この場合、絵の裏にストーリーを書いてきてこっそり読んでしまう学生もいますが、これは聞いていておもしろくありません。やはり、絵を見ながら話してくれた方が聞きやすいし、おもしろいです。　絵を見ながら話すと、話す時の「間」というものが自然に生まれます。リズムも出てきます。上手な学生はオノマトペなどをとても生き生きと発音します。絵は一種のキューのようなもので、よく練習しておけば丸暗記などしなくても順番を間違えたりせずに発表ができるので、メモを見る必要さえありません。現に、ほとんどの学生はメモを見ないで絵だけをキューにして発表していました。また、中級ぐらいの学生になれば、ちょっと忘れた時など、その場でつじつまの合う文を作り出して発表することもできます。

　このようなお話の後では質問は作りにくいので、質問の時間は省略してもいいでしょう。

3びきの
ねずみ

Lesson 8

迷你課程

何_{なに}か教_{おし}えよう！

1. 日本_{にほん}の子供_{こども}の歌_{うた}

A:課文

　わたしはこれから皆_{みな}さんに日本の子供の歌を紹介_{しょうかい}したいと思_{おも}います。メロディーはとても簡単_{かんたん}で、すぐに歌うことができます。『Little Indian Boys』という歌を知_しっていると思いますが、この日本の子供の歌は、『Little Indian Boys』を翻訳_{ほんやく}したものです。まず、テープを聞_きいてください。テープを聞いている間_{あいだ}に歌を黒板_{こくばん}に書_かきます。いっしょに歌いましょう。

1)
2)
3)

1人_{ひとり}　2人_{ふたり}　3人_{さんにん}　いるよ

4人_{よにん}　5人_{ごにん}　6人_{ろくにん}　いるよ

7人_{しちにん}　8人_{はちにん}　9人_{きゅうにん}　いるよ

10人_{じゅうにん}のインディアンボーイ

10人　9人　8人　いるよ

7人　6人　5人　いるよ

4人　3人　2人　いるよ

1人のインディアンボーイ

B:單字

子供（こ/ども）	小孩
歌（うた）	歌
これから	現在起
紹介する（しょう/かい/する）	介紹
〜たいと思います（たいと/おも/います）	我想〜
メロディー	曲調
簡単（かん/たん）	簡單
すぐに	馬上
歌う（うた/う）	唱歌
〜ことができる	可以〜
〜という	名叫〜
〜が	(參見解說)
翻訳する（ほん/やく/する）	翻譯
まず	首先
テープ	錄音帶
聞く（き/く）	聽
〜間に（あいだ/に）	當…之際
黒板（こく/ばん）	黑板
〜に	在〜
書く（か/く）	寫
1人（ひとり）	一人
インディアンボーイ	印地安男孩

C:解說

１）（動詞）＋ことができる

想表達"會~""不會~"時，可使用此句型。「ことができる」接用於動詞字典形之後，例如くることができる、食べることができる。

わたしは日本の子供の歌を歌うことができます。

我會唱日本兒歌。

わたしは去年は日本語を読むことができませんでした。

我去年不會讀日文。

わたしはもう漢字を書くことができます。

我已經會寫漢字了。

２）が＜連接句子＞

助詞「が」在此的用法是連接前後、兩個句子，一般並無具體意思，因此可以不用翻譯。

これから日本の歌を歌いますが、この歌はとても簡単です。

我現在要唱日文歌，這首歌很容易。

日本の歌のテープがありますが、いっしょに聞きませんか。

我有日文歌曲的錄音帶，我們一起來聽吧。

わたしは日本語を勉強していますが、いつか日本に行きたいです。

我正在學習日文，總有一天我要去日本。

３）～間に

此語型的意思是"當~的時候"，「～間に」通常接在動詞非過去形、形容詞、形容動詞、名詞+の的後面。「ている」型之後，也常接用「間に」。

みんながテープを<ruby>聞<rt>き</rt></ruby>いている<ruby>間<rt>あいだ</rt></ruby>に<ruby>歌<rt>うた</rt></ruby>を<ruby>黒板<rt>こくばん</rt></ruby>に<ruby>書<rt>か</rt></ruby>きました。

當大家在聽錄音帶的時候，我把歌詞寫在黑板上了。

<ruby>大学<rt>だいがく</rt></ruby>で<ruby>日本語<rt>にほんご</rt></ruby>を<ruby>勉強<rt>べんきょう</rt></ruby>している<ruby>間<rt>あいだ</rt></ruby>に、わたしは日本の<ruby>歌<rt>うた</rt></ruby>が<ruby>好<rt>す</rt></ruby>きになりました。

在大學習日文的時候，我逐漸開始喜歡日文歌曲。

大学にいる間に日本語の歌をもっと勉強したい。

趁在大學這段期間，我想再多學一些日文歌。

<ruby>子供<rt>こども</rt></ruby>の間に歌をたくさんおぼえました。

在小時候我學了許多歌曲。

100

2．現代短歌について

A:課文

　日本にはたいへん短い形の詩があります。それは俳句と短歌です。俳句は5、7、5の3句17音を使って作るもので、俳句が日本の一番短い形の詩です。短歌は俳句<u>より</u>少し長くて5句31音で作るものです。5、7、5、7、7という音を使います。<u>つまり</u>短歌は俳句よりすこし長いので、うれしい気持ちとか悲しい気持ちなどをもっとはっきり書くことができます。

　短歌の歴史は俳句より古くて、万葉集までさかのぼります。短歌には恋の歌がたくさん<u>残されて</u>います。昔の日本の人々は歌を書くことによって自分の気持ちを相手に伝えていた<u>ということです</u>。昔は和歌と呼ばれていましたが、現代では短歌と呼ばれています。

　現代短歌<u>とは</u>、どんなものでしょうか。ここに1つの例を持ってきました。これは俵万智という人の『サラダ記念日』という歌集からのものです。この歌集は1987年ごろに日本でミリオンセラーになりました。この時、作者は24歳でした。俵万智の短歌は簡単な言葉で書れているのが特長で、わたしたちにも、とてもわかり<u>やすい</u>と思います。

・「この味がいいね」と君が言ったから七月六日はサラダ記念日

　この歌の「君」というのは、ボーイフレンド<u>のこと</u>です。「この味」というのは「このサラダの味」、つまり作者が作ったサラダの味ということで、ボーイフレンドにサラダの味をほめられて記念日にしてしまう<u>ほど</u>うれしかったのでしょう。作者のボーイフレンドに対する気持ちがこの歌によく

表^{あらわ}れていると思います。

　短歌のルールは、ただ5、7、5、7、7の31音^{おん}を守^{まも}ればいいということです。知^しっている単語^{たんご}を使^{つか}って短歌を作ってみましょう。

B:單字

現代（げん／だい）	現代
短歌（たん／か）	短歌
～について	有關~
形（かたち）	形式
詩（し）	詩
俳句（はい／く）	俳句
句（く）	句
音（おん）	音
一番短い（いち／ばん／みじか／い）	最短的
～より長い（より／なが／い）	比~長
～で	用
つまり	換言之(參見解說)
うれしい	高興的
気持ち（き／も／ち）	感覺，情緒，心情
～とか～	和，或
悲しい（かな／しい）	悲傷的
はっきり	清楚地
古い（ふる／い）	舊的
万葉集（まん／よう／しゅう）	萬葉集(完成於5~8世紀)

さかのぼる	追朔
恋（こい）	戀，愛
歌（うた）	詩歌
たくさん	許多
残す（のこ／す）	留下，保持
残されている（のこ／されている）	受保留(參見解說)
昔（むかし）	以前
人々（ひと／びと）	人們
～によって	利用~
自分（じ／ぶん）	自己

相手 （あい/て）	對方
伝える （つた/える）	傳達，告訴
～ということです	我聽說，他們說；這是說
和歌 （わ/か）	和歌
呼ばれる （よ/ばれる）	被稱為
～とは	所謂~(參見解說)
例 （れい）	例子
サラダ記念日 （サラダ/き/ねん/び）	沙拉紀念日
歌集 （か/しゅう）	短歌集
ミリオンセラー	百萬暢銷書
作者 （さく/しゃ）	作者
～歳 （さい）	~歲
言葉 （こと/ば）	語言，字詞
特長 （とく/ちょう）	特長
わかりやすい	易懂的
味 （あじ）	味道
君 （きみ）	你
ボーイフレンド	男朋友
～のこと	指~(參見解說)
ほめる	讚許，誇讚
～ほど	到~程度(參見解說)
～に対する （に/たい/する）	對於~
表れている （あらわ/れている）	顯現
ルール	規則
ただ	只是
守る （まも/る）	保持；遵守
守れば （まも/れば）	遵守的話
～てみる	試著~

C:解說

１）〜より＋（形容詞）

「より」表示比較的基準，此語型是用於二事物的比較說明，"比~更~"的意思。

短歌（たんか）は俳句（はいく）より長（なが）い歴史（れきし）があります。

短歌的歷史比俳句的歷史還長。

俳句は短歌よりやさしいと思（おも）います。

我認為俳句比短歌還簡單。

和歌（わか）より現代短歌（げんだい）はわかりやすいでしょう。

現代短歌比和歌還容易了解。

２）つまり

「つまり」的中文意思是"也就是說~""換言之~"，以作為後面話語的導言。

日本の一番短（いちばんみじか）い詩（し）、つまり俳句（はいく）は17音（おん）で作（つく）ります。

日本最短的詩，也就是俳句，是由17個音節所構成。

短歌（たんか）は31音で作ります。つまり、俳句より14音長（なが）いのです。

短歌是由31音節所構成，也就是說比俳句多14個音節。

短歌の歴史（れきし）は俳句より古（ふる）い。つまり、俳句は短歌の後（あと）からできたものです。

短歌的歷史比俳句還悠久，也就是說，俳句比短歌還要晚形成。

３）（動詞）＋（ら）れる＜被動態＞

「（ら）れる」是表示被動的助動詞，接於動詞未然形之後，例如「書かれる」「食べられる」。日文的被動態不同於英文的被動態，例如：日文的不及物動詞(自動詞)，来る、泣く等也可以有被動態的說法，用以表示受到不便、困惑等含意。

この本は古い日本語で書かれているので、わたしには読めません。

這本書是用古老日文寫的，所以我不會唸。

現代では、和歌はたいてい短歌と呼ばれます。

在現代，和歌通常被稱為短歌。

俳句や短歌は日本でたくさん作られました。

在日本產生了許多俳句和短歌。

４）（常體形句子）＋ということです

「～ということです」可以翻譯為"聽說~"，有時候也可翻譯成"意思就是說~"。通常接用於常體形語句之後。

俳句も短歌も日本の短い詩だということです。

聽說俳句和短歌都是日本的短詩。

万葉集は日本の一番古い歌集だということです。

聽說萬葉集是日本最古老的一本詩集。

これはどういうことですか。　　短歌は難しくないということです。

這是什麼意思？　　　　　　　意思就是說短歌不會很難。

5）～とは

「～とは」是「～というのは」的縮語形，中文意思為"所謂的~"，可以用於表示定義的描述，或含意的說明。另外亦請參見例句7(P.108)

記念日とは、どういう意味ですか。（＝記念日というのは）

紀念日是什麼意思？

万葉集とは、何ですか。（＝万葉集というのは）

所謂的萬葉集是什麼？

短歌とは、どんなものですか。（＝短歌というのは）

所謂的短歌是什麼樣的東西？

6）～やすい

此語型的意思是"容易~""好~"。「～やすい」接用於動詞連用形之後，例如：食べやすい、書きやすい等。

恋の歌はとても書きやすい。

愛情詩很容易寫。

短歌はあまり読みやすくないと思います。

我認為短歌詩不是那麼容易唸。

この俳句はとてもわかり<u>やすい</u>です。

這首俳句淺顯易懂。

7）～のこと

「～のこと」與「～とは」搭配使用，其含意為"意思是~"、"指~"，「～のこと」之前必須接用名詞。

記念日とは、anniversary <u>のこと</u>ですよ。

紀念日的意思就是指"anniversary"

万葉集とは、日本の一番古い歌集<u>のこと</u>でしょう。

所謂的萬葉集，就是日本最古老的詩集。

短歌というのは日本の短い詩<u>のこと</u>です。

所謂的短歌，就是指日本的短詩。

8）（句子）＋ほど＋（句子）

「ほど」表示程度，其前面的句子表示後面語句所描述事象的程度。

今日は、泣きたい<u>ほど</u>悲しい。

今天難過到想哭。

ミリオンセラーになる<u>ほど</u>、この本は売れた。

這本書暢銷到快要成百萬暢銷書。

サラダの味をほめられて、泣く<u>ほど</u>うれしかった。

沙拉的味道受到稱讚，高興得幾乎要落淚。

何か教えよう！

1）クラスメートに何か教えてみましょう。1～3つのパラグラフで、ミニレッスンの原稿を書いてください。このミニレッスンでは、教えたものをそのとおりにクラスメートに実演してもらいます。例えば、子供の歌、空手、折り紙、ダンス、ゲームなどを教えてみるとおもしろいですね。

2）先生に下書きを直してもらってから、声に出して読む練習をしてください。上手に読めるようになるまで練習しましょう。

3）発表の準備をします。メモを用意しましょう。それからミニレッスンに必要なもの、例えば、折り紙のレッスンなら折り紙（または正方形の紙）を、クラスの人数分、用意します。

4）鏡の前に立って練習します。一人ひとりの顔を見ながら話しているつもりで練習しましょう。あまり速く話さないように注意しましょう。この時、実際に歌を歌ったりダンスをしたりした後、クラスメートにも同じようなことをしてもらうのだということを考えながら、練習しましょう。

5）ミニレッスンの時、質問が出たら答えます。

☞先生方に

　初級・中級の日本語の学生が日本語を使ってクラスメートに何かを教える場合、歌や簡単なゲームなら初級のクラスでも楽しくできます。例えば、ビンゴや席取りゲームなどのようなものは、簡単な説明でできるようになります。ビンゴの場合は、数字のかわりに食べ物や飲み物の名前を使ったり、今まで習った動詞を使ったりしてバリエーションを出すことができます。クラスの中には難しすぎるゲームを考えてくる学生がたいてい何人かいるものですが、そんな時、わたしは学生に「『食べ物ビンゴ』にしたらどう？」などと勧めます。これまでに学生が教えてくれたものには、盆踊り、空手の型、折り紙（紙飛行機、風船、花、シャツ）、なぞなぞ、早口言葉、手品、イースターエッグの色付けなどがあります。知らなかったものがたくさん覚えられるので、楽しい口頭発表の１つです。

　「現代短歌」や「俳句」のようなトピックは「中級の上」ぐらいのクラスで使えるでしょう。当初このようなトピックは初級・中級のクラスでは難しすぎるのではないかと心配しました。が、実際には、わたしの知らなかった俳句を披露してくれた学生がいましたし、別の機会に、これまで習った日本語を使い俳句を作らせたところ、学生がとても上手に作ってきたので、びっくりした経験もあります。「MINI LESSON」で短歌や俳句などを作らせるなら、クラスメートが協力して（単語を出し合って）１首なり１句なりを仕上げたらおもしろいものができると思います。

　なお、この「MINI LESSON」では、「すみません、もう一度お願いします」「これは、どうするのですか」「難しいですねえ、もう一度教えてください」「これでいいですか」などと、やり方が分からなかったりした場合には、随時質問させるようにしてください。ゲームの後や何かを作った後の質問はあまり必要ないようです。

Lesson 9

寫封信
手紙を書こう！

1. 友だちへの手紙

A:課文

　和子さん、お元気ですか。東京の夏は、いかがですか。ずいぶん暑いでしょうね。わたしは先週の金曜日から、カナダのバンクーバーに住んでいる兄の家に来ています。バンクーバーはとてもきれいな所です。きのうは、スタンレー公園に行ってきました。これはとても大きな公園で、この中に水族館や植物園などがあり、一日中歩き回りました。イルカのショーが見たかったのですが、ありませんでした。けれど、めずらしい白イルカを見ることができました。とても楽しかったです。バンクーバーは、とても涼しくて気持ちがいいですよ。和子さんもそのうちに遊びに来てください。では、また。

パット

B:單字

手紙（て/がみ）	信
和子（かず/こ）	和子(人名)
いかが	如何
暑い（あつ/い）	(天氣)熱的
〜でしょうね	或許是…吧？
先週（せん/しゅう）	上星期
カナダ	加拿大
バンクーバー	溫哥華
住む（す/む）	住
兄（あに）	我哥哥
来ている（き/ている）	到了(參見解說)
所（ところ）	地方
公園（こう/えん）	公園
行ってくる（い/ってくる）	去
大きな（おお/きな）	大的
水族館（すい/ぞく/かん）	水族館
〜や〜	和(參見解說)
植物園（しょく/ぶつ/えん）	植物園
あり（ある）	有(參見解說)
一日中（いち/にち/じゅう）	整天
イルカ	海豚
ショー	表演
けれど	但是
めずらしい	稀奇的，罕見的
白イルカ（しろ/イルカ）	白海豚
涼しい（すず/しい）	(天氣)涼爽的
気持ちがいい（き/も/ちがいい）	舒服
そのうちに	馬上
遊びに来る（あそ/びに/く/る）	來遊玩
では、また	再見
パット	巴特(人名)

C:解説

１）（自動詞）＋ている

自動詞連接「ている」的用法已在第6課第二部分(P.78)介紹過，由於大部分的日語學習者對此容易混淆，因此，這裏再作說明。自動詞(例如：行く、来る、しまる、入る等)接「ている」表示動作結果的持續狀態)，而他動詞(例如：食べる、読む、話す等)以及部分移動性動詞(例如：歩く、走る、飛ぶ等)後接「ている」，則表示動作正在進行中。

兄_{あに}はバンクーバーに行_いっ<u>ています</u>。

哥哥去了溫哥華(現在仍在那裡)。

わたしは今_{いま}、兄_{いえ}の家_きに来<u>ています</u>。

我現在正在我哥哥家。

水族館_{すいぞくかん}は閉_しまっ<u>ていました</u>。

水族館關閉著。

cf. わたしの兄があそこを歩_{ある}い<u>ています</u>。

　我的哥哥正在那邊走著。

雑誌_{ざっし}を読_よん<u>でいます</u>。

　正在看雜誌。

２）（名詞）＋や＋（名詞）

連接助詞「や」用來連接名詞，在句中可多次使用，後與「など」呼應配用。「や」表示部分的列舉，而「と」則表示全部列舉。

きのうは水族館<ruby>すいぞくかん</ruby>や植物園<ruby>しょくぶつえん</ruby>に行<ruby>い</ruby>ってきました。

昨天去了水族館、植物園等地方。

バンクーバーで、動物園<ruby>どうぶつえん</ruby>や水族館や植物園など、いろいろ見<ruby>み</ruby>ました。

在溫哥華看到了許許多多，例如動物園、水族館、植物園等等。

Vancouver.)

この大<ruby>おお</ruby>きな公園<ruby>こうえん</ruby>には、動物園や植物園などがあります。

在這大公園裏，有動物園、植物園等等。

３）あり

把動詞"ます形"後的"ます"去掉，例如：あり（ます）、いき（ます）、食べ（ます）、し（ます），可以用來連接兩個句子，文法上稱為"中止形"，其功用與「て形」相同，但是這裏的語形用法比較正式，通常用於文章或演說中。

バンクーバーは公園<ruby>こうえん</ruby>がたくさんあり、とてもきれいです。

溫哥華有許多公園，而且很美麗。

この夏<ruby>なつ</ruby>はバンクーバーに行<ruby>い</ruby>き、白<ruby>しろ</ruby>イルカを見<ruby>み</ruby>ました。

今年夏天去了溫哥華，看到了白海豚。

きのうは公園を歩<ruby>ある</ruby>き回<ruby>まわ</ruby>り、とても楽<ruby>たの</ruby>しかったです。

昨天在公園裏到處走走，非常愉快。

2．先生への手紙

A:課文

　山本先生、大変寒くなってきましたが、お元気ですか。わたしはクリスマスの休みでシアトルの両親の家に帰ってきています。シアトルの冬はボストンやニューヨークの冬ほど寒くありませんが、今年はいつもより寒く、もう雪が降りました。車を運転するのはとてもこわいです。わたしは毎日家で本を読んだり、日本語の勉強をしたり、両親と話したりしています。時々母の手伝いをしてキッチンでパイを焼いたりします。大学で勉強している時は、とても忙しくてこんなことはできませんでしたから、とても楽しいです。

　もうすぐクリスマスですね。先生はクリスマスは、どうされるのですか。
1)
日本のクリスマスは、アメリカのクリスマスと比べて、どうですか。わたしは一年中でクリスマスが一番好きです。たくさんプレゼントがもらえる
2)　　　　　　　　　　　　　3)
し、おいしい食べ物がたくさんあるし…。

　それでは、お風邪をひきませんように。
　　　　　　　　　　　　　　4)

12月18日

ヘザー・トンプソン

B:單字

クリスマス	A:課文
休み（やす/み）	
シアトル	第116頁
両親（りょう/しん）	
帰ってきている (かえ/ってきている)	B:單字
冬（ふゆ）	聖誕節
ボストン	放假，假日
ニューヨーク	西雅圖
～ほど～ない	父母親
今年（ことし）	回家來
～より寒い（より/さむ/い）	冬天
いつも	波士頓
雪（ゆき）	紐約
降る（ふ/る）	不像~那樣~
運転する（うん/てん/する）	今年
こわい	比~寒冷
母（はは）	總是
手伝いをする（て/つだ/いをする）	雪
キッチン	下(雪、雨)
パイ	開車
こんなこと	可怕的
できる	(我)母親
もうすぐ	幫忙
どう	廚房
される	派、餡餅
比べる（くら/べる）	這樣的事
一年中で（いち/ねん/じゅう/で）	會，能
一番（いち/ばん）	馬上
プレゼント	如何
もらえる	做(する的禮貌形)(參見解說)
それでは	比較

お～	接首敬語
風邪（か/ぜ）	風寒
風邪をひく（か/ぜ/をひく）	感冒
～ように	希望~(參見解說)
ヘザー	海瑟(人名)
トンプソン	湯普森(人名)

C:解說

1）（動詞）＋（ら）れる＜禮貌形＞

動詞未然形後接「（ら）れる」，除了表示被動之外，也有表示尊敬的含意，在這裏便是尊敬、禮貌的用法。

<ruby>今年<rt>ことし</rt></ruby>のクリスマスは、どう<u>される</u>のですか。

今年聖誕節您將做什麼？

<ruby>先生<rt>せんせい</rt></ruby>はいつ<ruby>日本<rt>にほん</rt></ruby>に<u><ruby>帰<rt>かえ</rt></ruby>られた</u>のですか。

老師您是什麼時候回日本呢？

<ruby>車<rt>くるま</rt></ruby>は<u><ruby>運転<rt>うんてん</rt></ruby>されます</u>か。

您開車嗎？

２）～中

「~中」常接在"一年"、"一日"，或地方名詞(アメリカ、日本等)之後，表示"整個~"的意思。"一年中"的意思是"一年到頭"；"一年中で"的意思是"一年當中"。

クリスマスは<u>一年中</u>で<u>一番楽</u>しいです。

聖誕節是一年當中最快樂的。

<u>去年</u>は<u>アメリカ中</u>を<u>旅行</u>しました。

去年去旅遊整個美國各地。

<u>今日</u>は<u>一日中</u>キッチンで<u>母</u>の<u>手伝</u>いをしました。

今天一整天在廚房幫我媽的忙。

３）一番＋（形容詞）

「一番」後接形容詞或形容動詞，類似英文形容詞的最高級語型。

わたしはクリスマスが<u>一番好</u>きです。

我最喜歡聖誕節。

クリスマスはいつも<u>一番忙</u>しい。

聖誕節總是最忙錄。

アメリカで<u>一番寒</u>いところはどこでか。

美國最冷的地方是哪裏？

４）（動詞）＋のように＜期盼、祈求＞

此語型表示為自己或他人祈求，「ように」接在" ます形"的肯定或否定形之後。「ように」前面的動詞必須為非過去式，不可使用過去式。句尾如果加上「〜と言った」(我說/他說)，「ように」前面的動詞可以用常體形。

明日、雪が降りません<u>ように</u>。

希望明天不會下雪。

プレゼントをたくさんもらえます<u>ように</u>。

希望我能得到許多的禮物。

お風邪をひきません<u>ように</u>。

希望你不會感冒。

cf. 明日、雪が降らない<u>ように</u>と言った。

我(或他)說希望明天不要下雪。

手紙を書こう！

1）友だちか先生に10～15行ぐらいの文で近況報告の手紙を書きましょう。「近況報告」といっても、本当のことを書く必要はありません。本当のようなフィクションを書いてください。もちろん、本当の近況報告でも構いません。

2）先生に下書きを直してもらってから、声に出して読む練習をしましょう。上手になるまで練習してください。

3）発表の準備をします。まずメモを用意してから、手紙の内容を4～5枚ぐらいの絵にまとめます。大きくてはっきりした絵を描いてください。絵の裏に手紙の文を書かないようにしましょう。

4）鏡の前に立って練習します。絵をクラスメートに見せながら話をしている自分を想像して練習してください。

5）発表の後で質問に答えてください。

☞先生方に

　日本語のクラスで手紙などを書かせると、普通は学生にクラスで読ませたりはしません
が、ある時、流暢に日本語を書く学生に書いたものを読ませたところ、自分の書いた漢字
さえろくに読めず、つっかえつっかえ読んだのでびっくりしました。そして、書く技能と、
話す、読む技能はかなり違うものだと痛感しました。それ以来わたしは、作文を書かせた
ら、できるかぎり学生に読んで発表させるようにしています。手紙などをクラスで発表す
る場合は、絵日記と同じように、内容を簡単な数枚の絵にまとめて発表させると、話す方
も聞く方も楽です。話す方は絵がキューになるし、聞く方は絵によって内容をより理解で
きるようになります。

　発表の後には、手紙の内容について質問させてください。手紙では簡単に書いてあるこ
とについて、もっと詳しく質問させるといいと思います。例えば、「友だちへの手紙」につ
いての質問だったら、「スタンレー公園のほかに、どこに行きましたか」、「先生への手紙」
についての質問だったら「どんなパイを焼いたんですか」「どんなプレゼントがもらいたい
ですか」などというような質問が作れます。

　クラスでする口頭発表は、わたしの場合はオーラルテストとして扱い、全体の成績の10
パーセントぐらいの割合を占めています。秋、春の2学期制の場合、13～15週間で終わる
コースでは、2～3回発表があり、最初の発表は練習として採点はせず、2回目以降を採
点します。全体的な流暢さ、発音、イントネーション、正確さなどに注意し、5点か10点
満点で採点します。作文の内容もある程度考慮します。（作文は宿題として書いてくるため、
他人に手伝ってもらう学生もいるので、"ある程度"ということになります。）発表の後の質
問のやりとりは、クラスでの活動点として考慮します。口頭発表は、やはり、ただの練習
としてやるよりも試験としてやった方が、学生の真剣さが違いますから、効果が上がりま
す。

Lesson 10 用錄放影機和幻燈片作介紹
ビデオやスライドを使って話そう！

1.　日本の家庭

A:課文

　日本に行って日本の家庭を訪問したことがありますか。日本の普通の家庭に興味がありますか。ホームステイをしてみたいと思いますか。これからビデオで、わたしが去年ホームステイした、ある日本の家庭を紹介します。

　これは山田さんの家です。日本の家にはたいてい表札があります。玄関の戸を開けて中に入りましょう。玄関で靴をぬがなくてはいけません。これはとても大事なことです。

　ここはリビングルームです。家族がいっしょにテレビを見てくつろいでいます。山田さんの家族です。こちらはご主人の山田宏さん、そして、こちらは奥さんの洋子さんです。山田さんの家には2人のお子さんがいます。中学生の勇一君と小学生の由美子ちゃんです。

　勇一君は来年高校に行くので、ほとんど毎日塾で勉強しています。由美

子ちゃんはまだ小学３年生なので、塾には行かないでピアノを習っています。日本では家庭の主婦は外で働かない人も多いのですが、奥さんの洋子さんはパートタイムで働いています。家のローンがまだたくさん残っているし、塾のお金もかかるので奥さんも働かなければいけないということです。

　ああ、もう９時半です。由美子ちゃんはそろそろ寝ないといけません。勇一君は宿題がまだ残っているので、宿題をしてから寝るようです。奥さんの洋子さんは台所に行って何かしています。明日のお弁当の用意をしているのでしょうか。ご主人の山田さんはなんとなく眠そうです。会社で残業をしてきたので、疲れているようです。それでは、おやすみなさい。

　朝です。ご主人の山田さんは、もう起きています。新聞を読みながら、１人で朝ごはんを食べています。トーストとコーヒーだけの簡単な食事です。山田さんは７時に家を出て会社に行きます。行ってらっしゃい。

　奥さんと勇一君、由美子ちゃんは、いっしょに７時半ごろ朝ごはんを食べます。たいていトーストにミルク、サラダといった食事です。３人はいつも８時15分ごろ家を出ます。

　家にはだれもいません。わたしと猫のタマだけです。さあ、そろそろわたしも大学に行かないといけない時間です。

B:單字

家庭（か/てい）	家庭
訪問する（ほう/もん/する）	拜訪
〜ことがある	曾經~
普通の（ふ/つう/の）	普通的，一般的
（〜に）興味がある（きょう/み）	對~有興趣
ホームステイ	寄宿
ある	某~
山田（やま/だ）	山田(人名)
たいてい	通常
表札（ひょう/さつ）	門牌，名牌
玄関（げん/かん）	玄關
戸（と）	門
靴（くつ）	鞋子
ぬぐ	脫
〜なくてはいけない	必須~
大事（だい/じ）	重要
こと	事情
ここ	這裏
リビングルーム	客廳，起居室
家族（か/ぞく）	家族
テレビ	電視
くつろぐ	輕鬆
こちら	這位
ご主人（ご/しゅ/じん）	一家之主
宏（ひろし）	宏(人名)
奥さん（おく/さん）	太太，夫人
洋子（よう/こ）	洋子(人名)
お子さん（お/こ/さん）	小孩
中学生（ちゅう/がく/せい）	中學生
勇一（ゆう/いち）	勇一(人名)
〜君（くん）	~君(小孩的稱呼語)

小学生（しょう/がく/せい）	小學生
由美子（ゆ/み/こ）	由美子(人名)
～ちゃん	小~，阿~(稱謂接尾語)
来年（らい/ねん）	明年
高校（こう/こう）	高中
ほとんど	幾乎
塾（じゅく）	補習班
まだ	還
小学3年生（しょう/がく/さん/ねん/せい）	小學三年級學生
～（な）ので	因為~
～ないで	未~
ピアノ	鋼琴
習う（なら/う）	學習
主婦（しゅ/ふ）	家庭主婦
働く（はたら/く）	工作
多い（おお/い）	許多
パートタイム	兼職，零工
ローン	貸款
残っている（のこ/っている）	剩下，殘留
お金（お/かね）	錢
かかる	花費
～なければいけない	必須
ああ	啊
そろそろ	即將
寝る（ね/る）	睡覺
台所（だい/どころ）	廚房
何か（なに/か）	什麼
お弁当（お/べん/とう）	便當
用意（よう/い）	準備
用意をする（よう/い/をする）	作準備
なんとなく	總覺得，不由得
眠そう（ねむ/そう）	好像想睡
会社（かい/しゃ）	公司
残業（ざん/ぎょう）	加班

125

疲れている（つか/れている）	疲倦
おやすみなさい	晚安
朝（あさ）	早上
起きている（お/きている）	已經起床了
新聞（しん/ぶん）	報紙
〜ながら	一邊〜一邊〜
1人で（ひとりで）	獨自
トースト	土司
コーヒー	咖啡
〜だけ	僅，只
簡単（かん/たん）	簡單
食事（しょく/じ）	餐食
家を出る（いえ/を/で/る）	出門
行ってらっしゃい（い/ってらっしゃい）	慢走
〜に	和〜(參見解說)
ミルク	牛奶
サラダ	沙拉
〜といった	叫做〜的〜
猫のタマ	多瑪這隻貓

Ｃ:解說

１）（動詞過去式）＋ことがある

此句型表示經驗，中文意思是"曾經~"，「～ことがある」必須接在動詞的過去式後面，動詞的形態通常使用常體形。

日本_{にほん}に行_いったことがありますか。

去過日本嗎？

このビデオは一度_{いちど}見_みたことがあると思_{おも}います。

這錄影帶片子我曾經看過一次。

日本_{にほん}の新聞_{しんぶん}は読_よんだことがありません。

從來沒讀過日文報紙。

２）（名詞）＋に興味がある

此句型表示我們對於某事物有興趣，「～に興味がある」之前必須接用名詞，因此前面如果要接用動詞時，就必須在該動詞後加「の」或「こと」等形式名詞，使動詞轉變成名詞，例如最後一句的例句。

わたしは日本_{にほん}の普通_{ふつう}の家庭_{かてい}に興味がありました。

我對普通的日本家庭感到有興趣。

日本_{にほん}の塾_{じゅく}に興味があります。

我對日本補習班感到有興趣。

127

お弁当を作ることに興味がありますか。

你對作便當感到有興趣嗎？

３）（動詞）＋ないで

此語型的意思是"沒有做…就…"，「ないで」接在動詞未然形之後，但不能接在形容詞後。

朝ごはんは、トーストは食べないでコーヒーだけ飲んだ。

今天的早餐，我只喝了咖啡而沒有吃吐司。

宿題をしないで寝ることはできません。

沒做功課就不能上床睡覺。

日本の家庭の主婦は働かないでうちにいる人も多い。

日本的家庭主婦，有許多人待在家裡工作而沒有上班。

４）～ながら

此語型表示在同一時間內同時做兩件事情，「～ながら」接在動詞連用形後，也就是把" ます形"動詞字尾的"ます"去掉，再加「ながら」。

あの中学生はラジオを聞きながら勉強しています。

那個國中生一邊讀書一邊聽收音機。

わたしは新聞を読みながらコーヒーを飲むのが好きです。

我喜歡一邊喝咖啡一邊看報紙。

山田さんはテレビを見ながら1人で朝ごはんを食べています。

山田先生自己一個人一邊吃早餐一邊看電視。

５）（名詞）＋に＋（名詞）

助詞「に」可以結合兩個或更多的名詞，表示添加的意思，與「と」、「や」的含意不同，「に」的含意是"除了…還有…。

今日の朝ごはんはトーストにコーヒーでした。

今天的早餐是吐司配咖啡。

リビングルームには勇一君に由美子ちゃんに奥さんがいます。

在客廳裡有勇一君、由美子和山田小姐。

山田さんの家には、猫のタマに犬のシロがいます。

在山田先生他家，除了Tama那隻貓還有Shiro那隻狗。

cf. リビングルームには勇一君と由美子ちゃんと奥さんがいます。

　在客廳裡有勇一君、由美子和山田小姐。

　リビングルームには勇一君や由美子ちゃんや奥さんがいます。

　在客廳裡有勇一君、由美子和山田小姐等人。

２．わたしのバンクーバー　スーザン・レスリー

A:課文

　バンクーバーに来たら、どんな名所を見たいですか。スタンレー公園の動物園へ行きたいでしょうか。グラウス・スカイライドに乗りたいでしょうか。クィーン・エリザベス公園を散歩して写真を撮ったりしたいでしょうか。ロブソン・ストリートの商店街で買い物をしたい<u>かもしれません</u>ね。
1)
UBC（University of British Columbia）の博物館へトーテム・ポールを見に行きたいでしょうか。こんな名所には、名所<u>なりの</u> <u>よさ</u>があります。でも、
　　　　　　　　　　　　　　　2)　　3)
別のバンクーバーがあります。どうぞ、わたしが知っているバンクーバーを<u>案内させてください</u>。
4)

　朝早く出かけましょう。ジェリコ公園を散歩しましょう。ここからのダウン・タウンの眺めはすばらしいです。日は昇った<u>ところ</u>です。ダウン・
　　　　　　　　　　　　　　　　　　5)
タウンの建物が赤っぽくなります。朝のもやがまだあります。静かです。いろいろな鳥のさえずりが聞こえます。池にさぎが１羽います。注意深く池の岸のあしを見たら、めずらしいグリーン・ヘロンが見える<u>かしら</u>。と
　　　　　　　　　　　　　　　　　　　　　　　　　　　　6)
ても静かなので、大きい町にいるのを忘れる<u>ような気がします</u>。
　　　　　　　　　　　　　　　　　7)

130

　あっ！　もう7時半です。自転車に乗って、朝食を食べにグランビル島へ行きましょう。海岸に沿って自転車の道があるからサイクリングに行くのは楽しいです。グランビル島で、コーヒーを飲んだり、新聞を読んだり、店を見たりして、1、2時間を過ごすのもいいものです。

　その後でシーモア山へ行きましょう。山の途中まで車で行くことができます。そこからは歩いて山頂へ進めます。8) 山頂からのバンクーバーの景色はとてもきれいです。晴れれば、9) ベーカー山も見えるでしょう。山頂で休みましょう。

　それから、もう1つ2つ見なくてはいけない所があります。ライトハウス公園へ行きましょう。森や海岸を散歩するのはとても気持ちがいいですよ。森でキツツキとか10)ミソサザイとかワシが見られるかもしれません。冬の日に行けば、海岸で海の鳥がいろいろ見えます。運がよければ、アザラシも見られるかもしれません。岩に座って海を眺めるのは楽しいですが、もう午後4時半です。ほかの名所を案内しましょう。

バンクーバーの郊外に、わたり鳥の保護区があります。鳥にはあまり興味がない人にもいい所です。広々とした沼地です。ジョージア海峡の見晴らしは立派です。一年中散歩するのによい所ですが、秋の日にはたくさんのわたり鳥が来ているのでとても楽しいです。日が沈んでいきます。あしや木や水が金色になります。暗くならないうちに帰りましょう。

普通のやり方で見物しなかったのは、バンクーバー独特の美しさを見せたかったというわけです。楽しかったでしょうか。いっしょに来てくださって、ありがとうございました。

(This composition was written by Susan Leslie, a student in a second-year Japanese course at the University of British Columbia, 1989-90.)

B:單字

名所（めい/しょ）	名勝古蹟
動物園（どう/ぶつ/えん）	動物園
乗る（の/る）	乘坐
散歩する（さん/ぽ/する）	散步
写真（しゃ/しん）	照片
写真を撮る（しゃ/しん/を/と/る）	拍照片
商店街（しょう/てん/がい）	商店街
買い物をする（か/い/もの/をする）	逛街購物
～かもしれない	或許~
博物館（はく/ぶつ/かん）	博物館
トーテム・ポール	圖騰柱
こんな	這樣的~
～なりの	那般，那樣
	(參見解說)
よさ	好處，好的程度(參見解說)
でも	但是
別の（べつ/の）	其他的~
案内する（あん/ない/する）	嚮導，導遊
～させてください	請讓我~
	(參見解說)
朝早く（あさ/はや/く）	清晨一大早
出かける（で/かける）	外出
ダウン・タウン	商業鬧區
眺め（なが/め）	景觀
すばらしい	極好，絕佳
日（ひ）	太陽
昇る（のぼ/る）	上升
～ところ	剛~
建物（たて/もの）	建築物
赤っぽい（あか/っぽい）	赤紅的
もや	靄霧

静か（しず/か）	安靜
鳥（とり）	鳥
さえずり	鳥鳴
聞こえる（き/こえる）	聽得到
池（いけ）	池塘
さぎ	鷺鷥
1羽（いち/わ）	一隻
～羽（わ）	～隻（鳥的計量單位）
注意深く（ちゅう/い/ぶか/く）	小心翼翼
岸（きし）	岸邊
あし	蘆葦
めずらしい	稀奇的，罕見的
グリーン・ヘロン	綠鷺鷥
～かしら	是否～？(參見解說)
町（まち）	都市，城鎮
忘れる（わす/れる）	忘記
～ような気がする（ような/き/がする）	覺得好像～
あっ！	啊，哦
自転車（じ/てん/しゃ）	腳踏車
グランビル島（とう）	格蘭衛島
海岸（かい/がん）	海岸
～に沿って（に/そ/って）	沿著～
道（みち）	道路
サイクリング	騎自行車兜風
1、2時間（いち/に/じ/かん）	一兩個小時
過ごす（す/ごす）	過
いいものです	很好
その後で（その/あと/で）	然後
～山（さん）	～山
山（やま）	山
途中（と/ちゅう）	中途
山頂（さん/ちょう）	山頂
進める（すす/める）	前進
景色（け/しき）	景色，風景

晴れる（は/れる）	天晴
晴れれば（は/れれば）	如果晴天的話
休む（やす/む）	休息
それから	然後
もう１つ２つ	再一兩個
森（もり）	森林
気持ちがいい（き/も/ちがいい）	心情好，舒爽
キツツキ	啄木鳥
～とか～とか	~啦~拉(參見解說)
ミソサザイ	鷦鷯
ワシ	鷲，鷹
冬の日に（ふゆ/の/ひ/に）	冬天
海の鳥（うみ/の/とり）	海鳥
運がよければ（うん/がよければ）	幸運的話
アザラシ	海豹
岩（いわ）	岩石
座る（すわ/る）	坐
ほかの	其他的~
郊外（こう/がい）	郊外
わたり鳥（わたり/どり）	侯鳥
保護区（ほ/ご/く）	保護區
（～に）興味がない（きょう/み）	對~沒興趣
広々とした（ひろ/びろ/とした）	寬度，遼闊
沼地（ぬま/ち）	沼澤地
海峡（かい/きょう）	海峽
見晴らし（み/は/らし）	景觀
立派（な）（りっ/ぱ/な）	雄偉，壯觀
一年中（いち/ねん/じゅう）	整年
秋の日（あき/の/ひ）	秋季
沈む（しず/む）	下沉
金色（きん/いろ）	金黃色
暗い（くら/い）	暗的
～ないうちに	在~之前
やり方（やり/かた）	做法

見物する（けん/ぶつ/する）	遊覽，參觀
～独特の（どく/とく/の）	獨特的
美しさ（うつく/しさ）	美麗
見せる（み/せる）	顯現
～のは～というわけです	之所以~是因為~(參見解說)
来てくださる（き/てくださる）	承蒙蒞臨

C:解說

１）～かもしれない

此句型表示不確定的推測，意思是"也許~；或許~也說不定"「～かもしれない」
接在動詞、形容詞的常體形(過去式、非過去式均可)後面，或者接在形容詞語幹
的後面，例如：静かかもしれない。

明日はダウン・タウンの店で買い物をする<u>かもしれません</u>。

我明天可能會去市中心的商店購物。

明日は朝早く起きられない<u>かもしれない</u>と思う。

我覺得，我明天早上可能不會早起。

動物園はおもしろい<u>かもしれません</u>。

動物園說不定很有趣。

２）（名詞；形容詞）＋なりの／に

此語型的含意是"…原有的~"，「なり」的接用要領是：
「～なり」+の+名詞(例如第1、2例句)
「～なり」+に+動詞・形容詞(例如第3例句)

バンクーバーにはバンクーバー**なりの**よさがあります。

溫哥華有溫哥華特有的長處。

この公園はこの公園**なりの** 美しさがあると思います。

我認為這個公園自有它獨特的美。

スタンレー公園の動物園は小さくても、小さい**なりに**おもしろい。

雖然史坦利公園的動物園很小，但卻小得頗有趣的。

３）（形容詞）＋さ

「さ」接於形容詞和形容詞的語幹後，使其轉度為名詞，表示程度。

美しい → 美しさ   美麗的→美

よい → よさ   好的→好處

大きい → 大きさ   大的→大小，大

静かな → 静かさ・静けさ   安靜的→安靜

４）（動詞）＋させてください。

動詞使役形之後，接「～させてください」，變成表示客氣、謙虛有禮的請求，意思是"請讓我~"。

わたしにバンクーバーを案内_{あんない}させてください。

讓我帶你參觀溫哥華。

公園_{こうえん}を散歩_{さんぽ}させてください。

請讓我在公園散步。

自転車_{じてんしゃ}に乗_のって買_かい物_{もの}に行_いかせてください。

請讓我騎腳踏車去購物。

５）（動詞）＋ところ

「ところ」接在動詞過去式之後，表示"剛~"；接在動詞原形(字典形)之後，則表示"即將~，正要~"。

ちょうど日_ひが昇_{のぼ}ったところなので、建物_{たてもの}が赤_{あか}っぽく見_みえます。

太陽剛剛昇起，所以建築物看起來紅紅的。

ちょうどバスは行_いったところです。

公車剛走。

これから公園_{こうえん}に行くところです。

我現在要去公園。

６）（句子）＋かしら

「かしら」接於句尾，表示懷疑，並帶喃喃自語的語氣，屬於女性用語。「かな」則為男女均適用。

めずらしい鳥が見える<u>かしら</u>。

不曉得能不能看到珍奇的鳥。

明日は晴れる<u>かしら</u>。

不知道明天是否會出太陽。

あの大きい町はきれい<u>かな</u>。

那座大城市不曉得是不是很美。

７）～ような気がする

此句型用來表達預期或預測，意思是"覺得好像~"。
句子中的主詞必須用第一人稱(我或我們)，不可使用第三人稱，但是在小說中則不在此限。

この公園には大きい木がたくさんあるので、森にいる<u>ような気がします</u>。

因為這座公園裡有很多大樹，我們覺得彷如置身於森林。

今日はめずらしい鳥がたくさん見られる<u>ような気がする</u>。

我有預感我們今天會看到許多珍奇的鳥。

この海岸はもっと大きかった<u>ような気がする</u>が…。

我覺得這個海灘以前較大，但…

８）（動詞）＋（ら）れる＜可能形＞

動詞可能形的形成要領是，一般動詞未然形後接「られる」，例如食べる→食べられる；五段動詞則可把語尾變為所屬同行的「エ段音」後加「る」，例如：歩く→歩ける。行變格動詞，くる→こられる(或これる)；サ行變格動詞，する→できる。另外，"見る"→見られる或見える。聞く→聞ける或聞こえる。

どこでおいしい朝食が食べられますか。

哪裡可以吃到美味的早餐？

ここからダウン・タウンまで歩いて行けますか。

我可以從這走到市中心嗎？

ここでサイクリングができます。

我們可以在這騎腳踏車兜風。

ここからベーカー山が見えますよ。

從這可以看到貝克爾峰。

９）～ば

此用法是有關條件，假定的表達，「ば」的接用要領如下：
"五段動詞假定形"後接「ば」，"一段動詞假定形"後接「れば」，"カ行變格動詞" 来る→くれば"，"サ行變格動詞" する→すれば。形容詞語幹"後接「ければ」，例如：大きい→大きければ。"形容動詞語幹"後接「ならば」，例如：静か→静かならば。

バンクーバーに来れば、おもしろい名所を案内してあげますよ。

如果你來溫哥華，我將帶你參觀有趣的觀光景點。

あした晴れれば、自転車で海岸の道を走りましょう。

如果明天氣好的話，我們去騎腳踏車逛海岸的路。

ロブソン・ストリートに行けば、いろいろなお店で買物ができます。

如果你去羅布森大街，你可以在各式各樣的商店購物。

運がよければ、アザラシも見られるかもしれません。

如果運氣好的話，說不定可以看到海豹。

あの公園が静かならば行きたいです。

如果那個公園是安靜的話，我想去那裡。

１０）～とか　（～とか）

對於某些不確定的事物，或是避免太強烈的表達時，通常會用「とか」來表示。「とか」在句子可以用兩次或三次(例如下面例句1)，此時具有列舉的含意。「とか」與「と」不同的是，「とか」所意指的事物較多。
「とか」可接用在名詞、動詞、形容詞、形容動詞之後，而形容動詞後接「とか」時，語尾的「な」必須變為「だ」。

今日はキツツキとかワシとかめずらしい鳥が見られるかもしれません。

我們今天可能會看到有趣的鳥，像啄木鳥、老鷹等等。

バンクーバーからアメリカの山<ruby>山<rt>やま</rt></ruby>が見える<u>とか</u>聞<ruby><rt>き</rt></ruby>きましたが…。

據說從溫哥華可以看到美國的山等等…。

クィーン・エリザベス公園<ruby><rt>こうえん</rt></ruby><u>とか</u>がよかったと思います。

我覺得伊莉莎白女皇公園挺不錯的。

１１）〜のは、というわけです

此句型用來表達某些事項或行為的原因理由的說明，句後的「〜という」可以變為「どういう」疑問形(例句如下)

朝早<ruby>朝早<rt>あさはや</rt></ruby>く起<ruby><rt>お</rt></ruby>きた<u>のは</u>、公園<ruby><rt>こうえん</rt></ruby>を散歩<ruby><rt>さんぽ</rt></ruby>したかった<u>というわけです</u>。

之所以早起，是因為想去公園散步。

森<ruby>森<rt>もり</rt></ruby>に来<ruby><rt>き</rt></ruby>た<u>のは</u>、鳥<ruby><rt>とり</rt></ruby>のさえずりを聞<ruby><rt>き</rt></ruby>くため<u>というわけですか</u>。

你的意思是你來這座森林是為了聽鳥叫聲嗎？

この博物館が高い<u>のは</u>、<u>どういうわけですか</u>。

為什麼這座博物館的門票這麼貴？

ビデオやスライドを使って話そう！

1）自分の好きなトピックで、ビデオを撮ったり、スライドを用意したりしてドキュメンタリーを作りましょう。まず、だいたいのアウトラインをメモに書き出します。アウトラインに沿って、ビデオを撮ったり、写真を撮ったりします。自分の撮ったビデオやスライドを見直してから、8～10ぐらいのパラグラフで、ナレーションを書きます。その後で、ビデオを編集します。スライドも、必要ないものは取り除いて整理します。

2）先生に下書きを直してもらってから、声に出して読む練習をします。

3）発表の準備をします。まず、ナレーションが絵とうまく合うかチェックしてください。ナレーションが長すぎてビデオの絵が先に流れてしまうなら、少し短くします。スライドの場合は自分で速度が調節できますが、ナレーションは短い方がおもしろいでしょう。それから、キーワードをカードに書きメモにします。

4）ビデオを見ながら、またはスライドを使いながら、声に出してナレーションの練習をします。絵とナレーションがうまく合うようになるまで何回も練習してください。

5）発表の後で、質問に答えてください。

☞先生方に

　ビデオを撮影してナレーションを書くというアイデアは、「わたしのバンクーバー」という作文を書いたスーザン・レスリーという学生が、バンクーバーのローカルテレビで英語のドキュメンタリーフィルムを使って説明していたのを偶然見て、思いついたものです。テレビのフィルムは、バンクーバーの動物についてのもので、自分の家の裏庭や近くの公園で撮影して、後でナレーションを入れたということでした。ビデオ機器が学生用に貸し出せれば、意外に簡単に制作できると思います。ぜひ、試していただきたいものです。また、ビデオが不可能な時は、スライドでもおもしろいドキュメンタリーができると思います。

　ビデオやスライドの場合、長いナレーションが必要とされます。「中級の上」程度のクラスで実行するといいと思います。テーマとしては、ここに挙げた家族や街の紹介のほかに、おもしろいお店とかレストランの紹介、柔道、剣道、合気道などの練習風景や試合の説明、アニメやマンガの紹介や説明、民族衣装の紹介などいろいろ考えられます。とにかく各学生が興味を持っているテーマを選んでからアウトライン（どんなことをどのようにビデオで描くか）を決め、写真を撮ったりビデオを撮ったりします。少し多めに撮っておいてから、それに基づいてナレーションを書きますが、書いている途中で必要のないビデオやスライドは編集して削ります。長さはクラスの人数によって調整してみてください。少人数のクラスであれば、各人の持ち時間が長く取れますが、多人数のクラスだと一人ひとりの持ち時間はやはり短くせざるを得ません。

　「VIDEO/SLIDE　DOCUMENTARY」を実行されたら、授業の様子についてお教えいただけると大変参考になります。また、ほかの発表に関しても、ご意見をお聞かせください。そのほかに何かおもしろいアイデアがありましたら、ぜひ、お知らせください。参考にさせていただきたいと思います。

Special Lesson

我的見解

意見を言おう！

1. 日本人は働きすぎか

A:課文

　日本人はカナダやアメリカの人々に比べて働きすぎだとよく言われます。なるほど、日本のテレビドラマを見ると、日本の会社員はよく残業をします。土曜日も働く人が多いようです。過労死という言葉も、もう英語の中に入っています。わたしは日本で生活したことがないので本当のことはよくわかりません。それで、2人の日本人の学生に日本人は本当に働きすぎなのか聞いてみました。

　カナダに留学している20歳ぐらいの女子学生は、日本の男性は一般的によく働くと言いました。それは、日本は生活費が高いので、働かなければ生活できないからだそうです。もう1人の女子学生は、日本人は、会社への義理で働く人が多いと言いました。ほかの人たちが残業しているのに自分だけ早く帰るのは、よくないそうです。このように、2人の女子学生は、日本人はよく働くという一般的な考えを肯定しました。特に日本の男性は働きすぎる人が多いらしいです。

　けれど、生活のために働くのは当たり前だとわたしは思います。わたしは香港で生まれて、高校生の時カナダに来ました。両親は香港にいます。2人ともレストランで働いています。毎日、夜遅くまで働きます。たぶん日本の会社員より長く働いていると思います。日本の男性は夜遅くまで働

145

いているように見えますが、どちらかというと会社の同僚とお酒を飲んで夜遅く家に帰ってくる人が多いようです。本当に働いているのではないと思います。

　なるほど、カナダの人々に比べると日本人は働きすぎだと言えるのかもしれません。しかし、ほかのアジアの国の人々と比べたらそれほどでもないと思います。もし、働くことが楽しければ、生活のために必要ならば、働くのはいいことです。健康であれば、だれでも働くべきです。日本の政府は、日本人の労働時間を欧米のように短くしなくてはいけないと言います。しかし、日本の今日の繁栄は、みんながよく働くことによって、もたらされたのだと言われています。ほかのアジアの国が日本を見ています。なまけ者の日本にならないでください。

B:單字

日本人（に/ほん/じん）	日本人
アメリカ	美國
〜に比べて（に/くら/べて）	與~比較
働きすぎ（はたら/きすぎ）	工作過度
言われる（い/われる）	被人說，有人說
なるほど	的確，確實
テレビドラマ	電視劇
会社員（かい/しゃ/いん）	公司員工
土曜日（ど/よう/び）	星期六
過労死（か/ろう/し）	過勞死
生活する（せい/かつ/する）	生活
本当の（ほん/とう/の）	真正的~
聞く（き/く）	詢問
留学する（りゅう/がく/する）	留學
女子（じょ/し）	女性，女孩
男性（だん/せい）	男性

一般的に（いっ/ぱん/てき/に）	一般地
生活費（せい/かつ/ひ）	生活費
〜なければ	不~的話
〜そう	聽說
義理（ぎ/り）	義務，責任
人たち（ひと/たち）	人
残業する（ざん/ぎょう/する）	加班
このように	如此
考え（かんが/え）	想法
肯定する（こう/てい/する）	肯定
当たり前（あ/たり/まえ）	當然，正常，自然
香港（ほん/こん）	香港
生まれる（う/まれる）	出生
高校生（こう/こう/せい）	高中生
〜とも	都~
夜遅くまで（よる/おそ/くまで）	一直到很晚
たぶん	大概
長く（なが/く）	長(當副詞用) ながい→ながく
どちらかというと	說起來
同僚（どう/りょう）	同事
お酒（お/さけ）	酒
言える（い/える）	可以說
アジア	亞洲
国（くに）	國家
それほどでもない	沒那麼多
もし	如果
必要（な）（ひつ/よう（な））	必須
健康（な）（けん/こう（な））	健康
だれでも	任何人
〜べき	應該
政府（せい/ふ）	政府
労働時間（ろう/どう/じ/かん）	工作時間
欧米（おう/べい）	歐美
短くする（みじか/くする）	縮短

しかし	但是
今日（こん/にち）	今日
繁栄（はん/えい）	繁榮
もたらされる	帶來
なまけ者（なまけ/もの）	懶惰者
～ないでください	請不要~

C:解說

1）～すぎ

此語型是由「すぎ」與動詞、形容詞形容動詞連接而成的，其接用要領如下：

1.動詞連用形+すぎ：食べすぎ

2.形容詞語幹+すぎ：ちいさすぎ

3.形容動詞語幹+すぎ：しずかすぎ

以上的「～すぎ」是當名詞使用，如果「すぎ」變為「すぎる」，就成了動詞。

た
食べ<u>すぎ</u>はよくありません。

吃太多不好。

きょう　　　　　　　　　　はたら
今日は、ちょっと働き<u>すぎた</u>。

今天工作稍微過多。

ちい
このくつは、ちょっと小さ<u>すぎる</u>。

這雙鞋子太小。

いぬ
この犬はにぎやか<u>すぎる</u>。

這條狗太吵人。

２）～べき

「～べき」表示"義務"「必須，應該」，一般接用於動詞原形(字典形)後面，而不能接用於過去式動詞後。「～べき」通常後接「だ」斷定助動詞來結束，例如下面的例句1、2；另外，「べき」也可用來修飾名詞，例如例句3。

健康<ruby>けんこう</ruby>であれば、だれでも働<ruby>はたら</ruby>く<u>べきだ</u>。

如果身體健康，誰都應該工作。

病気<ruby>びょうき</ruby>の時<ruby>とき</ruby>は、お酒<ruby>さけ</ruby>を飲<ruby>の</ruby>む<u>べきではありません</u>。

生病時不可以喝酒。

言<ruby>い</ruby>う<u>べき</u>ことは、ちゃんと言ってください。

該說的，請具實以告。

2. 年齢差別について

A:課文

　わたしは、現在の日本に存在する年齢差別について話したいと思います。「年齢差別」という言葉はたぶん、まだ辞書にはないと思います。人種差別、性差別という言葉はだれでも知っていると思いますが、年齢差別という言葉は、日本の社会では、あまり使われていないと思います。というのは、ほとんどの日本人は年齢によって何かの制限を受けるということを当たり前のように思っていて、差別とは感じていないらしいからです。

　日本の奨学金や英語を教える仕事などのパンフレットを見ると、たいてい、年齢30歳までとか35歳までという制限が入っています。どうしてこのような制限をつけるのか、わたしには理解できません。アメリカやカナダの大学で、奨学金をもらうのに年齢の制限があるというのは聞いたことがありませんし、アメリカやカナダでは、どんな仕事も年齢、性別、宗教、人種で差別されません。その仕事についての経験と資格さえあれば、だれでも応募できます。日本では、どうして若い人でなければいけないのでしょうか。

　わたしは高校を卒業してから大学に行かないで就職しました。その時はあまり勉強したくなかったのです。けれど、しばらくしてから勉強がしたくなり、ほかの人より5年ぐらい遅れて大学に入りました。奨学金もちゃんともらえました。わたしのような学生はたくさんいます。今、日本語を勉強していますが、将来は日本に関係がある仕事をしたいと思っています。その時、まだ日本の会社に年齢の制限があったら、わたしは本当にくやしいだろうと思います。

　カナダの大学で勉強している日本人の友人に聞くと、日本では、どこの
会社でも社員募集の時たいてい年齢制限をするそうです。「どうしてですか」
と聞いたら、「よくわからない」と言われました。そして、ほとんどの日本
人は、年齢の制限を当たり前のことと思っているそうです。

　何年か前、日本に留学していた韓国の学生が、35歳という年齢制限のた
め日本の政府から奨学金がもらえないで困っていたという話を聞きました。
博士課程の学生だったら、35歳以上の人はたくさんいます。どうして日本
の政府は、年齢で学生を差別しようとするのでしょうか。

　年齢差別は、北米では法律に反することです。日本と北米の社会は違い
ますが、やはり、年齢で人を差別するのは、どこの国でもよくないことで
はないでしょうか。

B:單字

年齢差別（ねん/れい/さ/べつ）	年齡歧視
現在（げん/ざい）	現在
存在する（そん/ざい/する）	存在
人種差別（じん/しゅ/さ/べつ）	種族歧視
性差別（せい/さ/べつ）	性別歧視
社会（しゃ/かい）	社會
～というのは	我要說的是~
何かの（なに/かの）	某些~
制限（せい/げん）	限制
受ける（う/ける）	接受
～のように	像~般地
感じる（かん/じる）	感覺
奨学金（しょう/がく/きん）	獎學金
教える（おし/える）	教
パンフレット	宣傳小冊子
どうして	為什麼
このような	這樣的~
つける	附加
理解できる（り/かい/できる）	可以理解
もらう	收到
～のに	為了~
性別（せい/べつ）	性別
宗教（しゅう/きょう）	宗教
差別する（さ/べつ/する）	差別待遇，歧視
経験（けい/けん）	經驗
資格（し/かく）	資格
～さえあれば	只要有~
応募する（おう/ぼ/する）	應徵
若い（わか/い）	年輕的
（～を）卒業する（そつ/ぎょう/する）	畢業
就職する（しゅう/しょく/する）	就職

遅れる（おく/れる）	遲，晚
ちゃんと	正當，完全，確實
今（いま）	現在
将来は（しょう/らい/は）	將來
関係がある（かん/けい/がある）	相關於~
くやしい	令人懊悔
～だろう	是~吧(でしょう的常體形)
友人（ゆう/じん）	朋友
どこの～でも	任何地方的~都~
社員募集（しゃ/いん/ほ/しゅう）	招募員工
そして	然後，而
何年か前（なん/ねん/か/まえ）	幾年前
韓国（かん/こく）	韓國
話（はなし）	故事
博士課程（はく/し/か/てい）	博士班課程
～以上（い/じょう）	~以上
～（よ）うとする	有意~
北米（ほく/べい）	北美
法律（ほう/りつ）	法律
～に反する（に/はん/する）	違反~
違う（ちが/う）	不同
やはり	畢竟，終究
～ではないでしょうか	不是~嗎？

C:解說

１）～（よ）うとする

此語型接用於動詞後面，其接用實例如下：

1)一般動詞→去掉語尾的「る」，然後再加「ようとする」。

例如：たべる→たべようとする

2)五段動詞→語尾音節變為同一行的オ段音，然後再加「うとする」。

例如：よむ→よもうとする

3)不規則變化動詞

くる→こようとする

する→しようとする

「（よ）うとする」的意思是"想辦法做某事"，而「（よ）うとした」的意思是"想了辦法要做某事"，但其實並沒真正去做該件事，這與「～てみる」的含意是有所不同的(請參見第2課第二部分，(P.36))。

日本の奨学金をもらおうとしたが、年齢制限があってもらえなかった。

想申請獎學金，卻因有年齡限制而未能申請到。

日本で勉強しようとしたが、奨学金がもらえなかったのでやめた。

打算到日本讀書，卻因申請不到獎學金而作罷。

cf. 日本で勉強してみたが、奨学金がもらえなかったので帰ってきた。

在日本試讀了一些時日，後來因為拿不到獎學金而回來。

意見を言おう！

1) テーマを決めて、自分の意見をまとめてみましょう。長さは４〜５つぐらいのパラグラフ、または１ページから１ページ半ぐらいにしてください。

2) 先生に下書きを直してもらってから、声に出して読む練習をします。上手になるまで練習してください。

3) 発表の準備をします。キーワードや語句をカードに書いて、メモを用意します。

4) 鏡の前に立って練習します。この時、たくさんの人の前に立っているつもりで練習してください。一人ひとりの顔を見ながら話すように心掛けてください。特に強調したいことは、大きな声でゆっくりはっきり言いましょう。自信が出るまで何回も練習しましょう。

5) クラス発表の後、質問に答えてください。

☞先生方に

　最近は日本でも北米でも、外国人による日本語のスピーチコンテストが盛んになり、「スピーチ」といえば、スピーチコンテストのスピーチだと思われる方も多いかと思います。この教科書では、いろいろなタイプの口頭発表全般をスピーチと呼んでいますが、この章では、特別にスピーチコンテスト向けのスピーチを扱ってみました。もちろん、教室での練習に使うこともできますし、実際のスピーチコンテストに出る学生のための練習にもなります。スピーチコンテストのトピックやジャンルは、日本に関係があるものなら何でもいいと思いますが、ここでは自分の意見を述べるタイプの作文とスピーチにしました。これらの文章は、わたしがこれまで教えてきた大学のコースの、作文やディスカッションなどの時間に、学生たちが実際に述べていた意見を参考にして書いたものです。

　わたし自身、カナダやアメリカの大学でのスピーチコンテストを見に行ったり、コンテストに出る学生たちを指導して優勝させたり、実際に審査委員長として出席したりした経験があります。どの学生も一所懸命に練習してくるので、とても楽しいです。ただ、コンテストによっては、メモや原稿などを見ると減点になるという規則もあり、「あまり人間的ではないな」と思うこともあります。演壇上の学生が途中でつまって、それきり何も言葉が出てこなかったような場面を、何回か目にしました。また、覚えてきたことを忘れないようにと頑張るあまり、会場の一点だけを見つめて原稿を読み上げるようにまくしたてる学生もいました。コンテストでは仕方がないことかもしれません。しかし 教室での練習の場合は、メモに時々目をやりながらスピーチをしても構わないと思います。その方が自然だとわたしは思います。

Part 3

話すことの自律学習のために

會話的自律學習

スピーチの自律学習

　作文を書いてからスピーチをするというのは、スピーチを聞いてくれる人たちがいることを前提としています。日本語のクラスでスピーチの練習をする時は、作文の下書きを読んで間違いを直してくれる先生がいるし、スピーチを聞いてくれるクラスメートがいます。また、自分のスピーチだけではなく、ほかの人たちのスピーチも聞けるので、自分のスピーチと比較できて勉強になるし、いいところはまねができます。ですから、スピーチの勉強は学校でした方がより効果的だと思います。

　しかし、日本語のクラスに参加できないからといって作文やスピーチの勉強ができないというわけではありません。人前に出るまでに、自分1人でスピーチの練習をしたい人もいるでしょう。もちろん、自分1人で作文やスピーチの練習をすることも可能です。1人で練習する時にはどのようにしたらいいか、考えてみましょう。　もちろんこれは、日本語のクラスに通いながら勉強している人にも、自宅で勉強する際の参考になるはずです。

（1）まず、テキストのモデル文を読んでから、文法事項の復習をします。モデル文はテープ（別売）がありますから、テープを聞きながら勉強すると、発音、話すスピード、イントネーションなどがよく分かるようになります。

（2）今度は、モデル文を参考にして、自分の作文を書きます。この時、モデル文をそのまま使って、ところどころ単語を入れ替えるのではなく、自分の興味があるトピックを選んで、自分の作文を書いてください。長さはモデル文ぐらいでいいと思います。

（3）書いた作文は日本人の友だちや知り合いの人に見せて、間違いを直してもらってください。そして、直された作文を声を出して何回も読んで、自分の口癖になってしまった間違った言い方を意識的に直しましょう。

（4）それから、Instructions のページを見てスピーチの練習をします。鏡の前に立って練習するのは、とても効果的です。

（5）最後に、何回も練習した後、テープにスピーチを録音します。録音したテープを聞いて、発音、スピード、イントネーションが聞きやすいかどうかチェックしてください。また、自分の口癖になってしまった間違った言い方が出ていないかも、チェックしましょう。

　上記の（1）～（5）のようなやり方にしたがって、この本に書いてあるいろいろなテーマで練習すれば、1人でもスピーチの勉強はできるはずです。そして、機会があれば友人知人の前で発表してみて下さい。

上級レベルのスピーチ

　この本は、初級・中級の日本語学習者の作文とスピーチの力を伸ばすために書かれたものです。この本を終えて、人前であがらずに日本語でスピーチができるようになったら、もっと長いスピーチ、もっと難しいスピーチに挑戦してみましょう。

　しかし、もっと長いもっと難しいスピーチの練習の方法といっても、基本的には、何も新しいものはありません。この本のやり方を参考にしていけば、長くて難しいスピーチも原稿を読まないで発表できるはずです。大学でのクラス発表、職場の会議での発表など、日常の場面で

使う口頭発表ができたら申し分ないはずです。いわゆる、スピーチ大会、弁論大会でするスピーチのように、1字1句を暗記して発表するというようなスタイルをとる必要もありません。また、それが上級のスピーチでも、目標でもありません。

　上級レベルのスピーチに向けての自律学習としては、この本のモデル文より2倍か3倍ぐらい長い作文を書いて、友人や先生などに間違いを直してもらい、自分の口癖になってしまった間違った言い方を意識的に直しながら、スピーチの練習を重ねていけばいいと思います。この時は、発音の間違い、イントネーションの間違いにも十分注意してください。そして、発表の時はどんなVisual Aids が効果的かも考えてみてください。Visual Aids を使いながら、キーワードを書いたメモを見るだけで、ネーティブスピーカーの前で効果的に発表できたら、もう上級レベルと言えるでしょう。

●演說的獨學自修

　　因為有聽眾，所以得先寫作文，再進行演說。在日文課堂上練習演說時，有老師幫忙訂正作文內容的錯誤，而且還有班上同學聆聽；自己不但可作練習，也可以聽到其它同學的演說，藉此互相觀摩學習，擷人之長已補己之短。因此，演說的學習在學校進行，效果會比較好些。

　　雖說如此，但這並不表示，無法到學校上日文課的人就沒辦法學習演說；想必也有人很想獨自學習演說，其實，自己一個人也是可以進行作文演說練習。獨自學習時，又該怎麼作才好呢？以下提供幾點建議，好讓有意者在家裡自我練習時作參考。

(1) 首先，閱讀課文中的範例，複習文法語型。範文部分有 CD(另售)，可以邊聽邊學，這有助於正確掌握發音、速讀、語調等。

(2) 其次，參照範例，自己撰寫作文。撰寫時，不宜直接借用範例，而只把新的單字填放進去；最好是自己選個喜歡的題目，寫出屬於自己的文章，內容的長短和範例一樣就可以。

(3) 寫好的作文，可以請熟識的日本友人看，訂正錯誤的地方。完成後，大聲朗讀幾遍，並仔細找出自己習慣性的錯誤講法，加以改正。

(4) 其次參考前言的內容，站在鏡子前練習演說，這將會有不錯的效果。

(5) 最後，練習幾次以後，把演說錄音下來重聽，逐一檢討發音速度、語調等是否適當，以及習慣性的錯誤講法是否還有。

　　依照以上(1)~(5)的提議，利用本教材所介紹的各個主題進行練習的話，即使獨自一人也是可以學習。如果有機會的話，不妨在親朋好友的面前演練一番。

●高級班的演說

　　本書是為了提昇初中級日文學習者的作文和演說實力而撰寫的，完成本書學習之後，如果能夠在眾人面前用日語演說的話，其次，倒可以嘗試挑戰練習難度較高的長篇演說。

　　高難度的長篇演說，在練習方面，基本上並沒有什麼其它新奇的方法，只要參照本書介紹的方法去練習，也是可以不看原稿進行高難度的長篇演說。大學的課堂發表、職場上的會議報告等日常口頭發表，如果學會了，那將是無懈可擊。我們的學習不須像演講比賽、辯論比賽般地逐字逐句背下來，因為這既不是高級演說，也不是學習的目標。

　　邁向高級演說的自修方法，可轉寫一篇筆本書範例長兩倍或三倍的長篇作文，請日本朋友或老師訂正錯誤，並留意自己習以為常的錯誤說法，反覆練習演講就可以了。此外，仔細調整發音上的錯誤、語調的偏失，選擇有效的適當視覺器材。能夠邊操作視覺器材，邊看關鍵字詞，在日本人面前進行有效的演說發表，這就可說是高級班的演說了。

索引

161

【か】

【き】

● 著者介紹

鵜沢　梢

　レスブリッジ大學現代語學科助教授。在布林提所・哥倫比亞大學取得博士學位〈第二語言教育〉。專門以第二語言_外國語來教授作文。並於西元1996年，在『Journal of Second Language Writing』發表的論文Ablex Publishing Corp.〈U.S.A〉得到年度最優秀論文獎。另外，也活躍於現代短歌的領域，並著有『**カナダにて**』〈新風舍〉歌集。

● 譯者簡介

沈榮寬

學　歷　輔仁大學日本語文學系
　　　　中國文化大學日本研究所
　　　　日本岡山大學經濟學研究所
　　　　日本神戶商科大學企管研究所博士課程

現　職　真理大學應用日語系

國家圖書館出版品預行編目資料

日語作文與演說教程_初級~中級/鵜沢
梢編著. 沈榮寬譯　--初版.--臺北市：鴻
儒堂，民92
　　　面；公分
　　　含索引
　　　ISBN　957-8357-51 –6(平裝)
　　　ISBN 957-8357-52-4(平裝附光碟片)

　1.日本語言─作文　2.演說術
803. 17　　　　　　　　　　92003296

日語作文與演說教程
初級~中級

定價：200 元

本書另付課文朗誦 CD：150 元

2003 年(民 92 年)9月初版一刷
本出版社經行政院新聞局核准登記
登記證字號:局版臺業字 1292 號

編　著　者:鵜 沢梢
譯　　　者:沈榮寬
發　行　人:黃成業
發　行　所:鴻儒堂出版社
地　　　址:台北市中正區 100 開封街一段 19 號二樓
電　　　話:23113810﹐23113823
電話傳真機:23612334
郵 政 劃 撥:01553001
E　—　mail:hjt903@ms25.hinet.net